朝比奈あすか

いつか、あの博物館で。

アンドロイドと不気味の谷

東京書籍

いつか、あの博物館で。

アンドロイドと不気味の谷

いつか、あの博物館で。 もくじ

中学一年

アンドロイドと不気味の谷

安藤悠真《あんどうゆうま》

「やばい！　まじで美しすぎる！」

教室の真ん中で、長谷川湊《はせがわみなと》が大きな声を出した。湊と同じサッカー部の仲間たちも、どよめいている。

校外学習について話し合う時間だった。

湊が騒《さわ》いでいるのは、目的地のひとつであるロボット博物館のパンフレットにのっている「美しすぎるアンドロイド」の写真である。

「長谷川くん。今は、『学びの目標』を決める時間だから、こっちで話し合いに参加してくれる？」

長谷川湊と同じ班《はん》の安藤悠真は、班長としての責任感から、勇気《ゆうき》を出して声をかけた。

創作部に所属している悠真は、湊たち運動部の生徒が、少し苦手だ。大声で騒いでいる姿を見ると、自分とは関わりのない違《ちが》う世界の人のように感じる。だから、班分けで、サッカー部の次期キャプテンと言われている湊と同じ班になってしまった時は緊張《きんちょう》した。仲良くなれるとはとても思えない。

「はあい」

と、へらへらと笑いながら、湊が班員たちのもとに戻ってくる。やれやれ、と悠真は思いながら、ロボット博物館のパンフレットを机の真ん中に広げる。給食の時間のように、四人の机をくっつけて、話しやすいように向かい合って座っている。

「ねえ、長谷川。美しすぎるアンドロイドって、何、何?」

同じ班の清水陽菜《しみずひな》が、興味津々《きょうみしんしん》な様子で湊に聞く。

バスケ部に所属し、いつも大勢の友達と大声でしゃべっている陽菜もまた、話しかけにくいタイプだ。時々こっちを睨《にら》みつけてくる時があり、感じが悪いと思っている。

もちろん悠真は、もう中学生なので、人に対して「感じが悪い」などと思っていることを口に出したりはしない。いわゆる「陽《よう》キャ」たちとは、どうせ性格も考え方も違うのだから、なるべく関わりを持たずに生きていきたい、ただそれだけだ。

そんな悠真にとって唯一《ゆいいつ》の救いは、もうひとりの班員である市川咲希《いちかわさき》の存在だ。彼女《かのじょ》は悠真と同じ小学校の出身で、六年生の時のクラスも一緒《いっしょ》だった。口数の少ない彼女のかもし出す優《やさ》しい雰囲気《ふんいき》が、悠真は好きだ。声もやわらかくって、いつも少し微笑《ほほえ》んでいるように見える。

小学校の一年生の時、悠真と咲希は同じクラスだった。入学式以降、しばらく、出席番号が女子と男子の一番どうし、隣《となり》の席に並んで座った。特に話した記憶《きおく》もないのだが、悠真は咲希がにこっと笑うのを見ると、なんだか心があたたまるような気がした。

三年生と四年生ではクラスが離《はな》れて、五年生と六年生でまた一緒になった。

六年生になると同じ英語塾《じゅく》に通うようになったが、そこでも特段話す機会はなかった。

中学一年生でまた同じクラスになり、校外学習で同じ班になれたことを、悠真は嬉《うれ》しく思っている。むろん、その気持ちも、口に出したりする気はない。

今日は班の目標を立てなければならないのに、湊がいっこうに話し合いに参加してくれない。

「これ見てみ。アンドロイドだって！」

悠真が机に広げたパンフレットを手に取り、湊は陽菜に見せる。

「え、何、アンドロイドって」

陽菜がきょとんとしている。

アンドロイドを知らないのかと悠真はびっくりしたが、湊も同じ感想を抱《いだ》いたようで、

「え、清水、まさかアンドロイドを知らないの？」

と聞く。

「何それ、知らん」

「常識なさすぎかっ！」

「うるさい！」

そこでまた盛り上がる。

責任感のない人たちの姿に、悠真は小さくため息をついた。

「班の目標を考えよう」

悠真が言うと湊が、

「『みんなで仲良く』！」

と、幼稚園児《ようちえんじ》みたいなことを言った。ふざけているのだろうと思ったら、

「いいね、それにしよう」

と、陽菜が推《お》したので、悠真は慌《あわ》てた。

「いや、書く欄《らん》がもっと大きいし、たとえばだけど、『ロボットのなりたちを把握《はあく》し、未来社会におけるロボットの活用法を考える』というのはどうだろう」

そう言うと、

「真面目《まじめ》かっ」

と、湊が笑った。

真面目も何も、と悠真は呆《あき》れた。これが普通の目標というものではないだろうか。

「それでいいんじゃない？」

もはやどうでもいいらしい陽菜があっさり同調し、なしくずし的に、悠真の言ったことが班の目標となったが、内心のいらいらはおさまらない。ロボット博物館は、個人的に、とても楽しみにしていた場所だ。こんな人たちと行くより、自分ひとりで見学したいと思った。

なんとなく書記を引き受けることになった咲希が、班ごとに記録する行動シートの目標欄に、悠真の言った文言を書いてくれた。

咲希のきれいな文字だけが、悠真の心を慰《なぐさ》めた。

校外学習の日は雨だった。学校から大型バスに乗り、学年の全員がロボット博物館に向かった。

ロボット博物館の中はすずしく、すんだ白い照明にすみずみまでを包まれた空間には、近未来の空気が漂《ただよ》っている。悠真の心は高鳴った。

悠真は一年生ながら、創作部のプラモデル班の副班長だ。作っているのは、主に「ガンプラ」と呼ばれる『機動戦士ガンダム』の模型である。父親の影響《えいきょう》で小学生の頃《ころ》から作り始めた。様々な武器を搭載《とうさい》しているモビルスーツと呼ばれる人型ロボットの力強い姿を、プラモデルで再現するのが楽しい。

見学先であるロボット博物館の目玉は、やはり「アンドロイドの気象予報士」なのだろう。テレビでも紹介《しょうかい》され、ちまたで「美しすぎる」と騒がれているらしいが、悠真はそこには興味はない。

人が人のために作った人型ロボットという点で、アンドロイドと『ガンダム』には共通《きょうつう》項《こう》があると思う。人間の未来への想像につながる面白《おもしろ》さがある。そこに魅力《みりょく》を感じていた。

班別の行動時間になり、湊、陽菜、咲希、そして悠真の四人でロボット博物館を歩き回った。

時計の技術や、からくり人形などから、ロボットの起源や歴史をたどる。物語性のある展示が面白く、悠真は夢中《むちゅう》になって説明文を読み、時々メモを取った。湊や陽菜が騒いだり、いなくなったりしたら面倒《めんどう》くさいなと思っていたが、意外にも彼《かれ》らは後ろから静かについてくる。だけど、ロボットに興味のない彼らは、どうせ何を見ても面白くないのだろうなと、悠真は無視していた。

順路の終盤《しゅうばん》、スタジオを模した場所の中央に、「美しすぎるアンドロイド」は展示されていた。プロジェクターの画面に映された天気図をポインターで指している。

湊や陽菜も、

「え、すご！」

「まじで人間みたいじゃね？」

などと言い合っている。

そのふたりと並んで、悠真も、スタジオと観覧通路をさえぎるガラスに額を張り付けるようにしてアンドロイドを見つめた。

驚《おどろ》くほど人間に似ている。目、鼻、口。ゆっくりとしたまばたき、ポインターを持つ指先のつめ、開いては閉じるくちびる。明日の天気を告げてゆく。作られた声だが、発声はとてもなめらかだ。

しかし、なぜだろう、見ているとむがぞわぞわする。なんだか、怖《こわ》い感じがしてくるのだ。

その時、

「でもさ、なんか、気持ちわりい」

と、隣で湊が言うのが聞こえて、悠真ははっとした。

「それが『不気味の谷』だよ！」

と、つい言ってしまった悠真だったが、すぐに後悔《こうかい》した。『不気味の谷』だなんて、湊にとっては意味不明だろう。照れかくしもあって、悠真は付け加えた。

「ま、どうせ、君のような人は、美しいかどうかってことにしか興味ないだろうけど」

すると湊の視線が小さく揺《ゆ》れた。悲し気《げ》にも見えるその表情に、悠真は戸惑《とまど》った。

しかし湊はすぐに口をとがらせて、

「安藤さあ、俺《おれ》のこと、ばかにしてるだろ」

と言った。

「いや、別に……」

悠真は口ごもったが、湊はもういつもの朗《ほが》らかな顔をしていた。

いつも大声でわいわいやっている、物事を深く考えたことのなさそうな湊が、まさか自分の言葉に傷つくとも、思えない。違う世界の人だと思っていたし、どちらかといえば湊こそ、自分をばかにしているんじゃないかと、心のどこかで思っていたくらいだ。

だけど、さっき湊が一瞬《いっしゅん》見せた悲し気な表情は、本物だった気がした。

「じゃあ、『不気味の谷』ってなんだよ。教えろよ」

湊に聞かれた。

「それは……」

悠真は少しためらった。『不気味の谷』というマニアックな言葉の説明をして、興味を持ってもらえるのか、分からなかった。だけど、教えろよ、と言われたので、一生懸命《いっしょうけんめい》言葉を探す。

「ロボットって、人間にあまり似ていなかったり、逆に人間そのものの姿だったりすれば親近感が持てるんだけど、こういう、人間の一歩手前の見た目や動きって、不気味なんだ。心理実験でも証明されていて、『ガンダム』みたいなロボットから、その姿を人間に似せようとしていくと、好感度がどんどん高まっていくんだけど、途中《とちゅう》でそれが急に下がる谷間が来るんだ」

指で谷間を作るジェスチャーをして、

「それが『不気味の谷』って言われてる」

夢中で説明してから、はっとした。『ガンダム』なんて、絶対知らないだろうと思ったからだ。

『ガンダム』について補足説明しようと口を開きかけた悠真より先に、

「ということは、俺たち人間は、もともとロボットが怖いのかもしれないな」

と、湊が言った。

そうなんだ、そこなんだよ、と言おうとして、悠真は言葉を飲み込んだ。

人間は、ロボットを活用したいが、ロボットが人間を超《こ》える存在になることを、恐れている。その本能が、『不気味の谷』を作り出しているのではないだろうか。それが、悠真の仮説だった。

「『ドラえもん』なら怖くないのにね！」

陽菜が言い、

「確かに『ドラえもん』は怖くない」

と、湊がうなずいている。

「そうか。君たちも、『ドラえもん』は知っているのか……」

感心して、悠真は呟《つぶや》いた。

すると、

「おい！　安藤！　おまえやっぱり俺らのこと、ばかにしてるな！」

と、湊が言った。

悠真はドキッとしたが、湊が人なつこい目で笑っていたのでほっとした。

悠真は、さっき一瞬だけ湊の顔に浮《う》かんだ悲し気な表情を思い出した。

こういうやつだと決めつけられて、傷ついたはずなのに、すぐに笑顔を取り戻して、みんなを明るく盛り上げてくれる。もしかしたら、この人は、「違う世界の人」ではなく、単に、ものすごく朗らかで素直なだけじゃ……。

悠真の心に、湊の朗らかさをうらやましく思う気持ちと、どうせ興味ないだろうと決めつけたことを申《もう》し訳《わけ》なく思う気持ちが、同時に湧《わ》いた。

陽菜も、隣でげらげら笑いだしていた。咲希も口元に手を当てて、くすくすと笑っている。

「なあ。さっきの『ガンダム』って、何?」

と、湊に聞かれ、

「ええと、『ガンダム』っていうのは正確にはモビルスーツのことで、モビルスーツっていうのは、人型の兵器のことなんだ」

少し早口になって悠真は言った。すると、

「人型の……。人造人間ってこと?」

と、陽菜に聞かれた。

アンドロイドは知らなかったのに、人造人間なんて言葉を知っているのか、と悠真はちょっとびっくりした。

「人造人間は、『人間』っぽく作っているだろうけど、モビルスーツは人間っぽくっていうよりは、兵器として作っているんだ。『機動戦士』って言葉、聞いたことある?」

意気込んで、悠真は尋《たず》ねた。

『機動戦士ガンダム』といえば悠真にとっては常識なのだが、三人とも知らないと言った。

そうか、知らないのか、と思い、説明の仕方を変えてみる。

「大きな人型のロボットのことだよ。未来では人が、いろんなモビルスーツや、もっと強いモビルアーマーっていう人型ロボット兵器のコックピットに入って、中からモビルスーツを操縦《そうじゅう》して、戦うんだ。……って言っても、実際の映像を見ないと、イメージ湧かないかな」

うまく伝えられなかった気がして、悠真は歯がゆい。

すると咲希が、

「戦車や戦闘《せんとう》機に乗る代わりに、ロボットに乗るってこと?」

と聞いてくれた。

「そう！　そんな感じ」

分かりやすい助け船を出してもらえて悠真は嬉しくなった。実物の写真を見せたいけれど、悠真はスマホを持っていない。代わりに、スマホを持っている湊が、

「こういうやつ？」

と、画面を開いた。『ガンダム』で検索《けんさく》してくれたらしい。プラモデルの商品の写真ではあったが、イメージはしやすくなった。

「うん。まさにこれ」

悠真が言うと、

「俺がゲームで使ってるキャラによく似てる」

と、湊が言った。

「すたわ？」

と、陽菜が尋ねる。

「そう、それ」

スマホをいじりながら、湊が言う。

『ガンダム』のゲームをやっているのかと思ったが、そうではないようだ。

『すたわ』というのが最近流行《はや》りのFPS（一人称視点のシューティングゲーム）、『スターワールド・ヒーローズⅢ』のことだというのは悠真も分かる。悠真は、お父さんのパソコンを借りてオフラインでゲームを遊ぶことはあるが、チーム戦で遊んだり、敵と戦ったりする、オンラインのゲームをやったことはない。人と遊ぶより、ひとりで建築したり武器を強化したり、BOT《ボット》相手に戦ったりするゲームのほうが好きだ。

「これ見てみ」

湊がスマホの画面を悠真に見せた。『ガンダム』によく似た人型ロボット兵器がいた。

「これが俺の完成形。最初は人間の姿なんだけど、アームやレッグやヘッドに、マップに落ちてるロボットスーツの部品をつければ、少しずつ強化できて、運よく全部そろえられると、最終的にこうなる。『ガンダム』に似てるだろ？」

湊に聞かれ、

「『ガンダム』は、いろんなクリエイターに影響を与えているからね」

なんだか自分が褒《ほ》められたような誇《ほこ》らしい気持ちになって悠真は言った。

湊は指先でスマホの画面をなでて、カラフルな画面を出すと、

「これが、練習場面で自由に使える、いろいろなロボットスーツ」

と、さらにいろいろと見せてくる。

「パワーアシストモードがあって、ここでレベルを上げてくと、スーツのここの色が変わるんだけど、ステルスケアをつければ、ライフも武器も仲間にしか見えなくなる。つまり、自分の強さを知られずに戦えるから、わざとヘイト買ったり、逆に強いふりをしたりして。で、ロボットアームの防御力《ぼうぎょりょく》や攻撃力《こうげきりょく》を上げるには……」

「へえ」

意味が分からない言葉もあったが、悠真なりに心をこめて相槌《あいづち》を打った。

湊が自分に対して一生懸命に話してくれることが嬉しかった。

なんとなく、湊のようなはつらつと団体スポーツに精を出している元気な人たちは、自分のようなタイプの人間をオタク視していると思いこんでいた。彼らは「違う世界の人」で、そこから自分のような人間は見えていないのではないかとすら、思っていた。

「あ、先生が来たよ」

陽菜の声がした。

とたんに湊は「やべっ」と言って、スマホをバッグにしまった。スマホの使用は、原則禁止されている。

「どうだ？　面白いロボット、あったか？」

担任の古舘《ふるたち》先生が悠真たちに聞いた。

古舘先生は体育の先生で、悠真のお父さんよりずっと若い。色黒なのか、日に焼けているのか分からないが、健康的な小麦色の顔で、目がぎょろりと大きいから、笑っていても少し圧がある。

そんな古舘先生に対し、

「それはもう、この、美しすぎる気象予報士でしょう！」

人なつこい湊は、フランクにやりとりできる。

「先生も、ああいう人がタイプですか？」

陽菜も、先生をからかうように言う。

悠真は黙《だま》っていたが、校外学習の場で、このような話題は不謹慎《ふきんしん》ではないかと内心で思っていた。そもそも「美しすぎる」という表現も、時代に合っていないのではないか。そう考えると、このロボットの製作者は、どうして女性のアンドロイドにし、職業を気象予報士にしたのだろう。そのほうが話題になり、皆《みな》が面白がるからだろうか。だとしたら、どうして人は「美しすぎる」「女性の気象予報士」に興味を持つのか。

先生は、

「いやあ、美人だけど、僕《ぼく》の奥さんには負けるなあ」

などと答え、湊と陽菜にはやし立てられている。ロボットでも人間でも美しさという「皮」が重要視される現実が悠真にはいまいちぴんとこないのだった。

彼らとひとしきり盛り上がった後、先生は、黙っている悠真と咲希に気づき、

「安藤と市川はどうだ？　面白かったか？」

と、話を振《ふ》ってくれた。

「はい、まあ」

悠真は答えた。ぶっきらぼうに聞こえたかもしれない。しかし、相手が古舘先生でなくても、同じように答えたと思う。

悠真は小学生の頃から「先生」という立場の人に対して、うまく話すことができない。

目上の人だから、丁寧《ていねい》に話さなければならないと思うと、出てくる言葉がぽつぽつと短くなってしまう。昔から、先生という立場の人と、長く話せたことがない。

咲希も同じかと思いきや、彼女は、

「このロボット、きれいだけどちょっと気持ち悪いってみんなで言ってて、それで今、安藤くんに『不気味の谷』の説明をしてもらっていたところなんです」

と、すらすらと話した。

咲希の意外なコミュ力の高さに感心し、また、自分のことを話してもらえたことで、悠真は少し赤くなった。

先生が、そんな悠真を見て、

「安藤は、『不気味の谷』を知っているのか。物知りだな。先生も詳《くわ》しくは知らなかったけど、その先の通路を出たところに、説明があったぞ」

と、感心したように言った。

「え、読みたい」

咲希が言ってくれた。

咲希だけでなく、

「行こう」

と、湊も言った。

皆が自分より先に歩きだしていくことが、なんだか悠真は嬉しかった。先生の指さした方向へ、急ぎ足になる。

それから四人は並んで『不気味の谷』の説明文を読んだ。

不気味の谷とは

「不気味の谷」とはロボット工学者の森政弘《もりまさひろ》が1970年に提唱《ていしょう》した現象です。

心理実験などにより、ロボットや人形、CGアバターは、姿や振る舞《ま》いが人間に似ていると、人間から好意を持たれるようになることが分かっています。そのため、開発者や技術者たちは本物の人間によく似たキャラクターを作りたいと考えます。

しかし、人間との類似《るいじ》性がある段階を超えると、不気味に思えるようになることや、その段階を超えて本物の人間とそっくり同じ見た目になると、好意度が回復することも分かってきました。

「不気味の谷」とは、ロボットや人形、CGアバターが人間に類似してくるにあたり、人間が抱く好意度の急激な落ち込み具合を谷に見立てた現象を言います。

長《は》谷《せ》川《がわ》湊《みなと》

その日、長谷川湊がロボット博物館への校外学習を終えて帰宅すると、姉の渚《なぎさ》が居間にいた。

中学三年生の渚は、学校に通っていない。中学二年生の途中《とちゅう》から遅刻《ちこく》や欠席をする日が増え、今はほとんど家にいる。

家族のいない昼間、姉が何をして過ごしているのか湊は知らない。夜や週末になると、父親や母親と喧嘩《けんか》をして、泣いたりわめいたりすることがある。あまり関わりたくないから、騒《さわ》ぎが起こると湊は自分の部屋へ行く。

渚は、ソファの上であぐらをかいてスマホを見ている。帰ってきた湊をちらっと見たが、すぐにスマホに視線をうつした。無視する気らしい。何やらものすごい速さで指を動かしている。

湊も渚を無視し、水を飲みに台所へ向かう。

昔はきょうだいで一緒《いっしょ》に遊んだ気もするが、いつからか、会話がなくなった。家の中ではいつもお互《たが》い素通《すどお》りしている。

湊の両親は会社に勤めていて、だいたい毎日、帰宅が遅い。ふたりとも毎日忙《いそが》しそうだから、子どもたちが手伝わないと家事が回らない。

少し前までは渚がごはんと味噌汁《みそしる》の担当で、湊が洗濯物《せんたくもの》を取り込《こ》む担当だった。朝に、母親が下準備をしておいた味噌汁を渚が作り、父親がベランダに干しておいた洗濯物を湊が取り込むという流れである。

最近は渚が何もやらないので、仕方なしに湊が全部担当している。そのことは少し不満に思っているが、湊は口に出して言わない。洗濯物は、取り込んでかごの中に入れるだけだし、炊飯器《すいはんき》はボタンを押《お》すだけだし、味噌汁作りは火をつけて味噌をとくだけだしと、たいした労力でもないからだ。逆に、こんな簡単なことをやらなくなった渚に、は？　と思う。でも、何か言ったら、キレる可能性があるから、湊は黙《だま》ってやっている。まさに、触《さわ》らぬ神にたたりなし、というやつである。

水を飲み終えた湊は風呂場《ふろば》に向かった。洗濯物を取り込むためだ。

父親は、いつもはベランダに洗濯物を干している。しかし今日は朝からしとしとと雨が降っていて、こういう日はお風呂場の中に干すことになっている。

うっすら生乾《なまがわ》きの気もしたが、取り込んでかごに入れた。

炊飯器のスイッチを早めに押しておこうと台所に向かおうとして、ふと湊はズボンのポケットに入れていたスマホから、チンッと短い通知音がしたのに気づいた。サッカー部のグループDMへの通知だった。

見ると、

――今から『すたわ』のランク回せる人いる？

と、タクヤから皆《みな》にメッセージが来ている。

「お！」

湊は声をあげた。

『すたわ』というのは、今流行《はや》っている近未来宇宙を舞台《ぶたい》にしたFPSゲームだ。『スタワ』や『SW』『すた』など適当《てきとう》に略《りゃく》されるけど、それだ、というのが全員分かるくらいに流行っている。

ランクというのは、そこに参加して皆と戦うことで勝ち得る達成度合いのようなものだ。湊も『スターワールド』にはまっている。最上位ランクは国際レベルの猛者《もさ》しかいないのでほぼ諦《あきら》めているが、その次くらいのランクを目指して頑張《がんば》っている。

このゲームをやっている人は多いのだが、タクヤは特に強い。「最上位ランク達成経験者」といえば、そのレベルの高さが伝わるだろうか。

――やる。

湊は即答《そくとう》した。

しかし、

――やろう！

と、ナカニシから返事が来たのを見て、内心でがっかりした。

こんなことは口に出して言えないが、ナカニシはあまりゲームがうまくないので、足を引っ張るのが目に見えているからだ。

――じゃ、〆《しめ》。

特に人選もせず、来た順《じゅん》で、タクヤはあっさりメンバーを締《し》め切った。

『スターワールド』は、スマホ、パソコン、家庭用ゲーム機の三機種で遊べるが、他機種のプレイヤーと遊ぶ「クロスプレイ」はできない。そして、大会レベルの人たちは、ほぼパソコン版でプレイしている。配信動画などを見ていても、パソコン版のレベルだけ異様《いよう》に高いし、クロスプレイができないから、有名な大会もパソコン縛《しば》りが多いのだ。

タクヤも例外ではなく、本気モードで『スターワールド』をやる時はゲーミングパソコンを使っている。

タクヤがスマホで遊ぶ時は、気晴らしというか、皆と交流するためなのだ。

しかし、自分のパソコンを持っていない湊にとっては、スマホ版が全てである。

湊はスマホをゲーム画面に切り替《か》えて、お気に入りのキャラクターのスキンをセットする。

――乗り遅れたー。

――観戦！

次々に他の部員も書き込んでくる。

耳の中に入れたイヤホンから、

「おー」

とタクヤの声がした。

「今インした」

とナカニシの、短い挨拶《あいさつ》も聞こえる。

「ういーっす」

と、湊も挨拶をしながら合流地点の宇宙船待機所《たいきじょ》で、ふたりと会う。このゲームは三人で一チームだ。

「今日アプデ来てたって」

「新マップ来るかな」

イヤホンの中に、サッカー部の他のメンバーの声も入ってくる。プレイするのはタクヤとナカニシと湊の三人だが、ゲーム画面を共有して皆で見ることができるし、普通に皆で話しながら遊ぶので、現実の部活と地続きのようなものだ。

こういうことができるのも、中学生になって、スマホを持つ人が一気に増えたからだ。

湊はスマホを小学六年の三学期に入手した。それまでは登録した番号にしか電話をかけられないキッズ携帯《けいたい》を使っていたが、卒業式の日の写真をスマホで撮《と》りたいと言ったら、それもそうだね、と父親と母親がすんなり買ってくれた。そのおかげで、こうして皆とゲームができる。

今日は珍《めずら》しく八人も集まった。サッカー部は十三人いて、そのうち十人がスマホを持っている。といっても、だいたいみんな容量制限や時間制限をかけられていて、湊みたいに使い放題できる人は少ない。

前もって決めていたわけではないのに、十人のうち八人も『スターワールド』に集まるのは珍しい。これならもう一チーム作れるし、チームを構成できなくてもBOT《ボット》と呼ばれるゲーム内のAIキャラクターを採用してチームを作って戦うこともできる。

実を言えば、湊は本気でランク上げをしたい時はサッカー部のメンツに声をかけず、BOTを使って野良《のら》プレイをする。

タクヤと遊べるなら話は別だが、タクヤ以外のサッカー部員は、全員自分より下手《へた》だからだ。

それならば、自分と同じランクレベルの働きをしてくれるBOTのほうが、サッカー部の仲間たちより働いてくれる。敵も同じで、下手くそなプレイヤーより、BOTのほうが脅威《きょうい》だったりする。

そういえば、ゲームの「BOT」というのはどういう意味なのだろう。

今日、ロボット博物館に行ったばかりだったので、湊はふと、そんなことを考えた。

響《ひび》き的に、ロボットの「ボット」なんだろうか。

ゲームの開始時間までにスマホで検索《けんさく》してみた。すると、「FPSや大規模《だいきぼ》多人数同時参加型オンラインRPGなどで使われるAIプレイヤーのことで、ロボットの略称《りゃくしょう》」という文章を見つけた。

「やっぱりロボットか！」

湊はつい声を出した。

「何が？」

イヤホンの中からタクヤの声がした。

「ボットって、ロボットのボットなんだな」

そう言うと、思考回路を察したナカニシが、

「今日の博物館？」

と聞いてきた。

「そうそう。面白《おもしろ》かったよな」

湊が言うと、

「面白かったー」

ナカニシが興奮気味に答えた。タクヤが黙っているので、

「最後のアンドロイド、人間みたいでキモかっただろ？」

と湊は言った。

「あれまじですごかった」

ナカニシが応じてくれたので、

「それは……」

湊は、同じ班《はん》のメンバーの悠真《ゆうま》から聞いた『不気味の谷』の話をしようと思ったが、ちょうどその時、チンッと音がした。オンライン上にゲームのメンバーがそろったことで試合が始まる合図である。

「新マップ来たー！」

ナカニシが大きな声で言うのが聞こえた。

オンラインゲームのアップデートは突然《とつぜん》来ることもある。このアップデートは以前から予告されていて、確か今日の昼間に来ていたはずだ。さすがに学校では遊べないし、誰《だれ》かの配信を見る時間もなかったので、湊たちは初見《しょけん》である。

「やべえ。俺《おれ》、初見」

ナカニシが言った。

「俺もだよ」

湊も言った。

「新マップは一部のエリアの空気が薄《うす》いんだ。早くロボット化しないと、スタミナがすぐなくなる。ロボット化しやすい地点の目星はつけてるからまずは俺についてきて」

と、タクヤが言った。

「おう」

「あと、今回から食虫植物がいて、触《さわ》ると余計なダメージくらうから、ヒトデみたいな形をしたピンクのやつには絶対触るなよ」

「りょーかい」

ナカニシが言う。

「とにかく、初動が大事。ふたりとも慣れてるから大丈夫《だいじょうぶ》っしょ」

と、タクヤが言ってくれたので安心した。

『スターワールド』は、生身の人間のキャラでスタートするが、マップのあちこちに落ちているスーツを組み合わせていち早く「ロボット化」することで防御力《ぼうぎょりょく》や攻撃力《こうげきりょく》を上げられる。敵チームと接触《せっしょく》する前にどこまで装備《そうび》を整えられるか、素早く動くのが肝《きも》になる。

さあ、宇宙船が新マップに到着《とうちゃく》した。

三人は新しい惑星《わくせい》に降りる。ランダムに降りた五十チームと、ここから先は生き残りをかけて戦っていかなければならない。

体の中でアドレナリンが湧《わ》くのを感じる。

サッカー部の皆が見ている前でゲームをすることに、緊張《きんちょう》もする。

これは、サッカーの試合が始まる時と同じ感覚だ。

そして、サッカーの試合と同じで、ゲームのマッチも、始まってしまえば緊張なんか、即座《そくざ》に吹《ふ》き飛ぶ。雑念もなくなり、目の前のことしか考えられなくなる。

「わりい」「ごめん」「まじでごめん」

ゲーム中、ナカニシは何度も謝った。

どのマッチでも、いつも最初にキルされてしまうからだ。

ナカニシがキルされるたび、タクヤか湊のどちらかが前線から退《しりぞ》いて、ナカニシを蘇生《そせい》させるための注射を打ちに行ってやらなければならない。何度も蘇生に手間《てま》取らされるので、湊はつい舌打《したう》ちをしてしまった。

一方、湊はいつも以上に活躍《かつやく》できた。もちろん、タクヤほどうまくはないが、足手まといにならない程度には、サポートできたと思う。

「俺、このマッチをラストにするわ。誰か、代わって」

三マッチを終えたところで、ナカニシが明るく言った。

次は誰が入ってくるのだろうと、サーバーにいるメンバーを確認したが、タクヤや自分ほどうまい人はいない。

湊の気持ちを察したのか、

「レベル高すぎて入れない」

「見てるだけでいいや」

と、皆が口々に言った。

湊の、さっきの舌打ちが聞こえていたからかもしれない。

「じゃあ、BOT入れてやる？」

タクヤが言ってくれたので、

「オーケー」

湊はふたたびマッチボタンを押した。

マッチが始まってすぐに、

「湊！」

いきなりイヤホンの外から声がし、湊はびっくりした。

「真っ暗じゃないの」

湊の母親が電気をつけ、部屋が明るくなった。

カーテンを閉めていなかったので、ゲームを始めた頃《ころ》はまだ明るかったのだが、いつの間にか外は暗くなっていた。

ママ、もう帰ってきたのか、と焦《あせ》りながらも、

「ちょっと待ってよ。今大事なとこなんだから」

湊が言うと、

「ごはんも炊《た》いてないじゃない。早くこっち来なさい」

と、母親が言った。

「今、お母さんにめっちゃやられてる」

湊は皆に解説した。イヤホンの中に全員の爆笑《ばくしょう》が広がった。

「敵よりお母さんのほうが怖《こわ》い。スマホ奪《うば》われるかもしんない。そしたら終わる」

母親の顔を見ながら、皆にそう伝えると、

「ちょっと、何言ってんのよ」

と、母親が苦笑する。

笑わせれば勝ちだ。湊は心の中でにやりとし、

「とにかく、このマッチで終わりにするから、俺」

イヤホンの向こうの皆と母親に、同時に伝える。

「早く終わらせて、こっちに来なさい」

母親がそう言って、部屋を出て行くと、

——あー。俺もごはんだって。

と、観戦者のひとりが言い、

——あ、僕《ぼく》も。落ちるね。

と、他のひとりも言った。

同じタイミングでぽろぽろと抜ける人たちがいたことにほっとしたが、母親のいきなりの登場に動揺したせいか、そのマッチではタクヤにいいところを見せられなかった。湊は「ごめん、ごめん」と言いながら回線を切り、居間に戻った。

「湊、宿題は？」

夕ごはんを作っていた母親が言った。

「ない」

湊は答えた。特に宿題はないし、一学期の期末テストもまだ先だ。ゲームをやりこむには絶好のタイミングだが、仕方がない。

「なくても、なんかやりなさいよ」

「なんかって言っても、ほんとにやることないし」

「ママが帰るまでずーっとゲームして待ってるなんてね。ママが夜中まで帰ってこなかったらどうするつもりかしらね。いい加減《かげん》ごはんの炊き方も味噌汁の作り方も、覚えてるでしょう。おかずも自分たちで作ったっていいんだからね」

母親はそう言うが、声の奥に優《やさ》しさがひそんでいる。湊は自分の母親が、がみがみ自分を叱《しか》るけど、自分のことを本気で怒ったことがないと思っている。

その証拠《しょうこ》に、

「はい！　すいやせんでしたー」

湊が素直に頭を下げれば、母親は笑いをかみ殺した顔になり、

「うちも、他のおうちみたいに時間制限かけたほうがいいかしらね」

と、いつもの脅《おど》しをかけてくる。

これも、母親と湊のよくあるやりとりなので、慣れている。

「まじでそれだけはやめてください。お願いします。あ、そういえば俺、急に勉強したくなってきたなあ」

湊が言うと、母親は吹《ふ》き出した。

「もう。調子いいんだから」

湊は母親を笑わせるのが得意だ。母親は、湊がこんなふうにおどけると、だいたい笑って許してくれる。とにかく時間制限だけはかけられないようにしなければならない。

「ごはん、運んで食べてちょうだい」

機嫌《きげん》を直した母親がにこやかに言ったので、湊は、

「はーい。ママのぶんも運ぶね」

と調子よく言った。

湊は普段、友達の前では母親のことを「お母さん」と呼ぶが、家では「ママ」と呼んでいる。今日のおかずは鮭《さけ》に味噌をつけて焼いたもので、味噌汁の具は豆腐《とうふ》とわかめだ。他に、ひき肉を甘辛く炒めたものもある。

「いただきまーす」

母親が喜ぶ元気な声を出して、湊はごはんをもりもり食べ始めた。

その時、

「制限かければいいじゃん」

という渚の声がした。

いつの間にか渚が居間にいた。

「あら、渚。体調はどう」

母親が声をかけた。その声が、少し緊張しているのが、湊にも分かった。

渚は、

「どうしてこいつのスマホに制限かけないの?」

と、尖《とが》った声で母親に聞いた。

「なんで急に言ってくるんだよ」

口の中に食べ物を入れたまま、もごもごと湊は言う。

「おまえは黙ってろ」

渚は湊にぴしゃりとそう言うと、

「今すぐ制限かけなよ」

と、母親に言う。

目を泳がせる母親に、

「こいつがルール破ったんだろ！　早く制限かけろよ！」

渚が怒鳴《どな》る。

何も関係ないくせにしゃしゃり出てきて、母親にそんな口のきき方をする姉に、湊は腹が立ってきた。

「そうよねえ。やっぱり約束を破ったのだから……」

と、母親が迷うような声を出したので、湊は慌《あわ》てて、

「ママ、いいって、いいって。大丈夫だから。今日はたまたまアプデが来て、ダウンロードに時間かかったの。いつもはそんなにやってないから」

と言い訳をしたが、覆《おお》いかぶせるように、

「お母さんは湊にだけ甘すぎるんだよ‼」

と、渚が怒鳴った。

「私には中二までスマホはだめって言ってたのに、湊には小学校の時からスマホを持たせてるじゃん！　ずるいよ！　いつもそうじゃん！　全部そうじゃん！　お母さん、林間学校の時だって、私は人のリュックや靴《くつ》のおさがりだったのに、湊の時は、全部新品を買った！」

林間学校？

いったい何を言い出すのか！

林間学校というのは、小学五年生の時の学校行事だ。とっくの昔のことである。

「それは……、渚のピンクのリュックを湊に持たせるわけにいかないし、登山靴《とざんぐつ》はサイズが違《ちが》ったから、仕方ないでしょう」

「は？　なんで湊にピンクがだめなの？　男子だから？　男子でピンクだっているし、私はピンク嫌《いや》だったんだからね！　ていうか、どうしても湊にピンクがだめだって言うなら、青でも黒でもいいから、どっかから必死にもらってくればよかったのに、なんで即買ってんの？　意味分かんない。私だけもらい物で湊には新品を買ったこと、私は一生忘れないからね！」

どーーーってもいいわ。

と、湊は叫びたくなる。

リュックや靴など、自分が何を使っていたかも覚えていない。新品だったことも、知らなかったというか、意識したこともないくらいだ。

「ねえ、渚……」

なだめようと声をかける母親に応じず、渚は、

「だいたいあの大きなリュック、こいつ、その後一回でも使った？　使ってんの見たことないんだけど！」

と、まだしつこくリュックの話をする。

「靴だって、こいつは店で試着《しちゃく》させて買ったんでしょ！　私はテキトーにあてがわれて、ぴったりじゃなかったんだからね！　登山の時、すごくきつかったんだから！」

怒鳴り散らしながら、驚《おどろ》いたことに渚は両目からぽろぽろと涙を流した。

湊は、中三の姉がこんなことで泣き出すのを、信じられないような思いで見る。

「お母さんが湊のことばかり可愛《かわい》がって育てたこと、私は一生忘れないからね」

渚は「一生忘れない」という言葉を二度言った。

そんな、忘れられないくらいに衝撃的《しょうげきてき》なことか？

湊は内心で呆《あき》れた。俺、林間学校のことなんか、全く覚えていないんだけど。リュックも靴も、まじで、どーっでもいいんですけど。

渚にいじめられて、おろおろしている母親がかわいそうになってきて、

「なんで今そんな昔の話すんだよ！」

と言うと、

「おまえは黙れ！」

と渚に怒鳴られた。

憎《にく》しみで燃えるような姉の目を見て、さすがの湊も気圧《けお》される。

「湊、食べたら部屋に戻りなさい」

母親にも言われ、湊は逃げるように居間を出た。

扉の向こうから、何やら渚が母親を怒鳴りつける声が聞こえてくる。

「知らね……」

部屋に戻った湊は、引き続きゲームで遊ぶことにした。

渚があんなふうに言うものだから、いつ時間制限がかけられるか分からない。今のうちにできるだけ遊んでおこうと思った。

さっき調子が良かった湊は、このまま『スターワールド』のランクを上げていこうと思って、BOTを召喚《しょうかん》し、ひとりで遊び続けた。

ナカニシがいないから、もっとうまくいくと思ったのだが、結果はさんざんで、さっき上がったランクから、ひとつ落ちてしまった。

「くそっ」

と、つい汚い言葉を呟《つぶや》いてしまう。

よく考えてみると、BOTたちは、湊と同じレベルに設定されているのだ。対戦結果《リザルト》を見ると、キルした回数も、キルされた回数も、蘇生した回数も、蘇生された回数も、湊とBOTふたりは、ほぼ同じである。

もしかしたら、自分とナカニシの腕前《うでまえ》の差に比べて、タクヤと自分の差のほうが、大きいのかもしれないと気づく。

湊がそう気づいたとたん、ＢＯＴの仲間たちの顔がしょんぼりしたように見えた。

「おまえたちさあ。ちゃんとやってくれよな！」

湊はＢＯＴたちを励《はげ》ました。

もちろん冗談《じょうだん》だが、ちょっと本気みたいな気持ちもある。

それは、ＢＯＴたちの動きや言葉に人間らしさがあるからだろうか。

ＢＯＴの言動が人工知能によるものだということは、湊ももちろん分かっているが、キルされると「ごめん！」とか「すみません！　やられました！」と、そのキャラごとに違う言い回しで声を発するから、親しみが持てる。たまに「てへっ」とか「くっ。俺のせいで……！」とか、面白いことも言うし、蘇生注射を打ってやると「サンキュー！」「ありがとな」と礼を言い、反対に仲間を助ける時には「任せろ！」「ドンマイ」と頼《たの》もしい。

スーツや武器を入手した時も、その情報を彼《かれ》らはちゃんと伝えてくれる。

たとえば、マッチに集中して必要最低限のことしか言わなくなる時のタクヤやナカニシの発する言葉と、ほぼ変わらない程度には、ＢＯＴたちも話ができるのだ。

これって、すごいことだよな。

すごいことだけど、やっぱり人間とは全然違うと思う。BOTが相手だと緊張しないでいられるからだ。緊張しないだけでなく、気疲《きづか》れもしない。気持ちが深く入り込むことがない。

友達相手だとそうはいかない。待たされたらむかつくし、蘇生が遅れたらごめんと思う。足を引っ張られていらいらしても、文句を言わずに飲み込んでしまう。気を遣《つか》って疲れたりする。

一方で、友達にいいところを見せられると、ものすごく嬉しい。

BOTに「やるじゃないか」と言われるより、タクヤからの「ナイス～」のほうが、百倍気持ちが上がる。

今日のタクヤとのマッチ、楽しかったな。そう思った湊は、ふと、ロボット博物館の話題が出た時、タクヤがずっと黙っていたことを思い出した。日中にあったアプデの内容をばっちり把握していたし、もしかしたらタクヤ、校外学習に行かなかったのかもしれない。

ここのところ、サッカー部の練習も休みがちだ。タクヤと同じクラスのサッカー部員が、最近、遅刻や休みが多いと言っていた。

ゲームのやりすぎでやばいことになってるのかな？

「大丈夫かよ……」

つい呟いた。

その時、バンッという大きな音と共にドアが開いた。

振《ふ》り向《む》くと、肩《かた》をいからせ、顔を真っ赤にした渚がいた。

「ほら！　こいつ、今もスマホのゲームやってるよ！」

泣き叫《さけ》ぶように、渚は言った。

渚が自分の部屋に入ってくることなど、ここ数年は一度もなかったので、湊は一瞬《いっしゅん》頭が真っ白になった。渚はそのままずかずかと部屋に入ってくると、湊の手から、いきなりスマホを奪い取り、思いっきり床《ゆか》に叩《たた》きつけた。

あまりの衝撃に、すぐには感情が湧いてこない。

目の前で、渚が顔を硬直《こうちょく》させている。自分がやってしまったことに戸惑《とまど》っているその顔を見て、

「ふざけんなよ！　何するんだよ！」

と、湊は怒鳴った。

「だって、いつも湊ばっかり、ずるすぎる！」

ふたつも年上なのに、姉の顔はひどく子どもっぽかった。湊は腹が立ち、

「被害者《ひがいしゃ》ぶんなよ！　姉ちゃんのせいで、いつもいつも、俺だって我慢《がまん》してんだよ！　姉ちゃんなんか、いなくなればいい！」

湊は叫んだ。

家族に迷惑《めいわく》をかけてばかりで、学校に通えなくて、わがままばかりの、こんな姉ちゃんより、ロボットのきょうだいのほうがましだ。

そう思った時、渚の目に涙が浮《う》かんでいるのを見た。その涙を決してこぼさないようにこまかくまばたきをする姉の表情を見て、湊は自分が言い過ぎたことを知った。いなくなればいい、とまで言うべきではなかった。

だけども床に落ちたスマホの真っ黒い画面の保護《ほご》シートがひび割れているのに気づいて、その気持ちは消える。

スマホを拾い、

「ママー」

と、湊は母親を呼んだ。

すると、

「何がママだよ、ばーか、マザコン。おまえこそ、いなくなればいいのに！」

涙をひっこめた渚が、意地の悪い表情で言った。

スタートボタンをいくら押しても、スマホはもう起動しない。

「お母さん！　お母さーん！」

悔《くや》しさに涙を流しながら、湊は、母親を呼び続けた。

市川《いちかわ》咲希《さき》

校外学習でロボット博物館に行った翌日、咲希は英語塾《じゅく》に行った。

英語塾には小学六年生の頃《ころ》から通っている。「塾」といっても、近所に住む年配の女性が、マンションの中の共有会議室を使って開いてくれている寺子屋《てらこや》のような教室だ。その先生は、草野《くさの》先生というのだけれど、小さい子たちに「おばあちゃん先生」と呼ばれている。咲希も心の中でそう呼んでいる。「おばあちゃん」と呼ぶのがしっくりくるたたずまいなのだ。

おばあちゃん先生が作ってくれたテキストや学校の教科書の問題を解き、自分で丸付けをするだけなので、家で勉強するのとほとんど変わらない。

英語塾は小学校の近くにあり、同じ小学校出身の友達とも会える。中学受験をして私立の学校に行ってしまった人や、住んでいる場所の都合で別の学区域《がっくいき》の中学校に行ってしまった人もいて、皆《みな》にとっては懐《なつ》かしい再会の場所になっているようだ。

その日も、いつものように自分で問題を解いてから、自分で丸付けをしていると、

「こんにちは」

と声がした。

顔を上げると、同じ中学校で、校外学習の行動班《はん》も一緒《いっしょ》の悠真《ゆうま》がいた。彼《かれ》が小学生の頃から英語塾に通っているのは知っていたが、こんなふうに挨拶《あいさつ》をされたのは、初めてだ。

咲希はつい、笑ってしまった。「こんにちは」という声のかけ方が、同級生にしては少し堅《かた》い、面白《おもしろ》い感じがしたからだ。

咲希が笑うと、悠真は困ったような顔をした。

挨拶をしてくれたこと自体は嬉《うれ》しかったので、咲希は慌《あわ》てて、

「こんにちは」

と応じた。そして、

「昨日のロボット博物館、面白かったね」

と言ってみた。

すると、悠真もほっとしたように頬《ほお》をゆるめて、

「いろんなロボットがいたね」

と言った。

博物館で、悠真はロボットについての話をたくさんしてくれた。いつも無口な彼にしては珍《めずら》しく饒舌《じょうぜつ》だったし、話の内容も面白かった。

特に『不気味の谷』の説明は興味深かった。

咲希はそれまで、人間によく似たロボットについて、考えたことがなかった。だけど、ロボット博物館に行ったことと、悠真に『不気味の谷』の説明をしてもらったことで、もしかしたら将来、人間みたいにしか見えないロボットができるんじゃないかという気がしている。

「ここ、いいのかな、座っても。他が空いていなくてさ」

悠真が言った。

確かに他の席はすべて埋《う》まっているか、違《ちが》う中学校の子たちが陣取《じんど》っていて、咲希の隣《となり》の席しか空いていない。

「どうぞ」

と、咲希は言った。すると、ほっとしたように悠真は椅子《いす》を引き、大きなリュックを背中からおろすと、足元に置いた。

昨日のロボット博物館の話をしてみようかなと咲希は思ったのだが、悠真が頭を下げて足元のリュックの中をごそごそとやっているので、話しかけるタイミングを逸《いっ》してしまった。悠真もそれきり何も話さず、学校の教科書を広げて宿題を始めた。じゃまをしてはいけないと思い、咲希も黙《だま》って丸付けを続けた。

それにしても、不思議な塾だなと思う。

小学生の時は、簡単な英会話の授業をしてくれたが、中学生になったら週に二回、火曜日と木曜日のどちらか一日でもOK、全部来てもOK、来なくてもOK、である。

約束は、「今日はここここを勉強します」というふうに、最初におばあちゃん先生に自分のやることを告げる。ただ、それだけ。食べかすが落ちるお菓子と甘い飲み物は持ち込みがだめだけれど、グミとかお茶ならOK。小さい声なら私語もOK。おばあちゃん先生に質問をしても良いが、辞書を見ても解答を見ても良いので、あまり質問をする人はいない。月謝が二千円と、他の塾や習い事に比べて安いので、なんとなく継続《けいぞく》している人が多いが、サボって来なくなる人もいる。

実を言えば咲希はこれまで、英語塾をやめようかと何度も考えた。

お母さんは、咲希が英語塾に行っていることで安心しているようだが、自習をするだけなので、図書館と変わらないんじゃないかと思っている。なんなら駅前にある英会話スクールに入会したほうが英語力はつくかもしれない。

それでも通っている理由は、おばあちゃん先生に会うと、少し落ち着くからだった。

おばあちゃん先生は、三年前に亡くなった咲希の祖母に似ている。ピンクや水色といった可愛《かわい》らしい色の服を好んで着るところ、話す時にやわらかく語尾がふるえるところ、文字を読み書きする時に眼鏡の目と目の間の部分を指先できゅっと上げるところ。

もちろん、おばあちゃん先生と祖母は、年齢《ねんれい》が近いだけで、全くの別人だ。そんなことは分かっている。だけど、似ている人の姿を見ることで、心のどこかが少しだけ、慰《なぐさ》められる気がするのだ。

咲希は祖母が大好きだった。

お父さんとお母さんが働いているので、小さい頃から咲希はよく、少し離《はな》れた町に住む祖母の家に預けられた。保育園に入った咲希を、迎《むか》えに来るのも祖母だった。祖母は咲希の家で、お父さんかお母さんが帰ってくるまで、一緒にいてくれた。

覚えているのは、小さな咲希が歌をうたうと、祖母が目を細めて聴《き》いてくれたこと。

「さっちゃんは、おうたがじょうずだねぇ」

と、祖母は言った。

咲希は、祖母に褒《ほ》めてもらえるのが嬉しくて、保育園で習った歌をたくさんうたった。

「さっちゃんがおうたをうたうと、まわりのみんながしあわせなきもちになれるねぇ」

祖母はそう言った。だから咲希は、祖母を幸せな気持ちにしてあげたいと思った。保育園で習った歌だけでなく、テレビで知った歌も、のびのびと咲希はうたった。

だけど、咲希がそうやって歌をうたえるのは、祖母の前だけだった。

保育園で、咲希は無口な子どもだった。集まればすぐ戦いごっこをする男の子たちが怖《こわ》かった。女の子たちのグループにもうまく馴染《なじ》めていない気がした。お歌の時間も他の子や先生に聴かれるのが恥《は》ずかしくて、小さな声しか出せなかった。

家に帰ってからも同じだ。お父さんやお母さんの前でうたおうとすると、どういうわけか喉《のど》の奥がかたまってしまい、うまく声が出せなくなった。

「さっちゃんは、ばあばの前ではあんなにじょうずにうたえるのにねえ」

祖母は、咲希の歌声をお父さんとお母さんに聴かせてあげられないことを残念に思ったようだった。でも、咲希に歌を強要することはなかった。代わりに、祖母とふたりきりの時に、携帯《けいたい》電話の録音機能を使って、咲希の可愛らしい歌声をたくさん録音してくれた。

「さっちゃん、こんなに上手にうたえるの」

お母さんが驚《おどろ》いてくれた。

「人前でうたえなくても、咲希は覆面《ふくめん》歌手でやっていけるぞ」

冗談《じょうだん》が好きなお父さんは、そんなふうに言って、目を細めた。

やがて咲希は祖母の勧《すす》めでピアノを習うようになった。

最初は電子キーボードで練習していたけれど、少ししたら家に大きなピアノがやって来た。祖母が買ってくれたのだ。咲希は毎日ピアノを弾《ひ》いた。

小学生になると、咲希は学童保育に行くようになり、保育園の頃のように祖母に送り迎えされることはなくなった。

毎年一回、発表会に出るようになった。ピアノならば、人前でも弾くことができた。舞《ぶ》台《たい》に立つまでは緊《きん》張《ちょう》して、体が小さくふるえてしまうけれど、挨拶をして、ピアノに向かえば、あとは鍵《けん》盤《ばん》だけ見ていればよいので、いつもと同じように弾くことができた。

ある年、発表会を見に来てくれた祖母が、咲希に花束をくれた。そして、

「さっちゃんの体の中には、素《す》敵《てき》な音楽が流れているんだろうねぇ」

と、言った。

その時弾いた曲は、ブルグミュラーの『貴《き》婦《ふ》人《じん》の乗馬』という軽《けい》快《かい》な曲だった。

ぽっかぽっかと馬が跳《は》ねるような様子を思い浮《う》かべながら指先を動かすと、頭や肩《かた》もリズムに合わせて揺《ゆ》れ出した。指だけでなく全身を使って演奏すると、うたうみたいに音《おん》符《ぷ》が踊《おど》った。

「さっちゃん、ばあばは昔、歌手になりたかったんだよ」

ある時、祖母は言った。

「へえ」

「ばあばはね、じいじと結婚する前に、会社でお仕事をしていたの。ある日、お茶を淹《い》れるようにって言われてね、それでばあば、給湯室でお湯を沸《わ》かしながら、歌をうたっていたの。小さな声で、ちょっとだけ。でもね、そうしたら、ばあばの先輩《せんぱい》にあたる女の人が通りかかってね、給湯室に顔だけ出して、『仕事中にうたうんじゃないよ！』っていきなり怒鳴《どな》ったの」

「うたっただけで、怒鳴られたの？」

「そう。怒鳴られたのよ。ばあば、びっくりして、ヒエッて、喉の奥から声が出ちゃった」

と、その様子を再現するように、祖母はびっくりした顔をしてみせた。

「仕事中にうたっちゃったばあばが悪いんだけどね、でも、ほんのちょっとだけ、小さな声でうたったのよ。それで怒られちゃったでしょう。ばあば、その時はまだ若かったから、悲しくなって、涙が出てきてしまったの。

それでね、ばあば、その時に思ったの。ああ、ばあばは、うたっちゃいけない仕事を選んでしまったんだなあって。そうしたら、自分が小さい頃、歌手になりたかったのを思い出したのよ。そして、もう二度と、自分は歌手にはなれないんだなあって思った。

でもね、その会社に勤めたおかげで、じいじに出会えて、あなたのママを産めたからいいの。おかげで、ばあばは、さっちゃんに会えたのだから」

その話をしてくれた時、すでに祖母は、もう治らない病気にかかっていた。

見舞《みま》いに行って、差し伸べられた細い手を、咲希は握《にぎ》った。

「ばあば、元気になったら、もう一度、歌手を目指しなよ」

咲希は努めて元気な声でそう言ったが、無理だろうと分かっていた。

「ばあばだったら、絶対、いい歌手になれるよ」

「そうだね。ばあば、頑張《がんば》るね」

弱々しく、祖母は笑った。

祖母と会う時は、いつも自分が、見え見えの芝居《しばい》をしているような気がした。

それから祖母はどんどん痩《や》せてしまって、最後に会った時は頬の下の骨もくっきり見えるくらいになっていて、ちょっと怖い、と咲希は思った。

祖母のことを、怖いと思ってしまう自分を嫌《きら》いになりそうだったが、肌《はだ》が黄色くなって、頬の下の骨がくっきりと見える祖母の顔は、どうしても怖かった。

後から、お母さんが言っていたけれど、祖母はいつも咲希に会う前に痛みを止める薬を注射してもらっていたのだそうだ。

痛みを止める薬が効いていない時は、痛い、痛い、と泣くこともあったそうだ。

ばあばは、自分に会う時だけは、つらい姿を見せたくなくて、頑張っていた。歌手を目指しなよ、なんていう、能天気な孫《まご》の言葉をにこにこと聞くために、注射を打っていたのだ。

それを知った時、胸がしめつけられるみたいに痛くなった。

天国に行ったばあばは、咲希が演技をしていたことも、咲希がばあばを怖いと思ったことも、全部、お見通しだったかもしれないと思った。

その後、咲希は問題集を少し進めて、終わりにすることにした。

全部解き終わり、丸付けを終えたところでふと隣を見ると、ちょうど悠真も今日の課題を終えた様子で、ノートを閉じていた。

「終わったの？」

咲希が声をかけると、悠真はびくっと大げさに肩をふるわせてから、こちらを見て、

「今、終わった」

と言った。

咲希もちょうど終わったところだったが、同じタイミングで片付《かたづ》けをし始めるのは、なんとなくやめておいた。手持《ても》ち無沙汰《ぶさた》にノートをめくる。悠真は小学生の頃からの同級生だが、あまり親しくはない。同じタイミングで教室を出たら、何を話せばいいか分からないし、そもそも彼が嫌《いや》がるかもしれない。

そんなことを考えているうちに、悠真は荷物をまとめると立ち上がってリュックを背負《せお》った。そして、おばあちゃん先生に挨拶をすると、あっという間に教室から出て行ってしまった。

時間をずらして教室を出ようと決めたのは自分だったのに、悠真がいなくなった後、咲希は少し寂《さび》しく感じた。

せっかく隣の席に座れたのに、何の話もしなかった。ロボット博物館の感想など、少し話してもよかったのになと思った。

その日、家に帰ると咲希は、お仏壇《ぶつだん》の前で手を合わせた。

お仏壇は、ひとり暮らしをしていた祖母の家から引きとったもので、咲希のばあばだけでなく、じいじ、ひいおじいちゃん、ひいおばあちゃんの位牌《いはい》が置いてある。黒く薄《うす》べったいこの小さな板のようなものに、亡くなった人の魂が宿っているのだと、お母さんが言っていたけれど、本当だろうか。

ばあば、天国でやすらかに過ごしてね。じいじと、ひいおじいちゃんとひいおばあちゃんと仲良く過ごしてね。

心の中でそう呟《つぶや》いた。

それから咲希はピアノの練習をした。次のレッスンまでに、ソナチネの練習曲を仕上げなければならない。部活のある日は練習時間が取れないので、今日のうちにある程度まで弾けるようになっておきたい。

中学校に入って、咲希は音楽部に入った。入学式の日に、音楽部の人たちが演奏してくれた音楽を聴いて、すごいな、素敵だな、そう思ったのがきっかけだ。

早速入部したものの咲希は、音楽部が取り扱《あつか》う楽器の、どれにも触《さわ》ったことがなかったし、自分がどの楽器をやればいいか分からなかった。

入部したばかりの一年生の多くは同じ状態で、担当していた先輩が卒業してしまうという理由で空きのできた楽器から、順《じゅん》に割り当てられていった。音楽部の楽器は、基本的に中学校に保管されているものを借りるからだ。

咲希はフルートの担当になった。

初めて触るその楽器は、息の吹《ふ》き込《こ》み方も指の動かし方も難しくて、最初のうちはおっかなびっくりだった。けれど、慣れていくうちに、自分が思う音を出せるようになってきて、それから少しずつ練習が楽しくなった。

来学期の音楽祭で、音楽部の単独発表があり、咲希たち一年生にとってはそこがデビュー公演となる。

祖母に、フルートを吹くところを見てもらいたかったな。

咲希はそう思う。

ピアノの発表会には何度か来てもらえたけれど、咲希がフルートに出会ったことを、祖母は知らない。咲希が、高く澄《す》んだきれいな音色を作り出せるようになったことを、祖母は知らない。

——さっちゃんの体の中には、素敵な音楽が流れているんだろうねぇ。

そう言いながら、髪《かみ》をなでてくれた祖母のことを思い出す。

中学に入って、音楽に関わることをやりたいと思ったのは、祖母の言葉があったからだ。

感謝しながらも、心のどこかが痛くなる。

咲希は今も、祖母のことを考えると、ちょっとだけ、苦しくなる。

いつも咲希のことを大事にしてくれた祖母に、最後のほうで、自分はあまり優《やさ》しくできなかったからだ。

ばあばにもう一度会いたいけれど、それはもうかなわない。


翌日学校で、班ごとに分かれて校外学習の発表の準備をする授業があった。

同じ班の悠真、湊《みなと》、陽菜《ひな》と共に、机をつけて向き合った。

「さて、と」

班長の悠真が、班の目標を書いた紙を皆に見せながら、

「えーと、僕《ぼく》たちの班の目標は、『ロボットのなりたちを把握《はあく》し、未来社会におけるロボッ

トの活用法を考える』となりましたが、何か、考えたことはありますか」

と聞いた。

湊、陽菜、咲希の三人の班員は押し黙る。考えたことはあるか、と問われれば、うまく言葉にはできない。だが、校外学習で精巧《せいこう》に作られたアンドロイドを見たことで、確かに咲希も、ドキッとしたのだった。

「えーと、じゃあ、未来で、どういうロボットが使われるかっていうことで、僕は二通りあると思うんだけど」

と、悠真が自説を語り始めた。

「博物館で長谷川《はせがわ》くんから、ゲームの中では、ロボットスーツを着て力をつけているっていう話を聞いたけど、そういうふうに、人間を強くして活動させるために、ロボットの力を使うことが、まず考えられると思う」

悠真が言うと、自分の話が参考になったと言われたことが嬉しかったのか、

「そっかー。ロボットスーツはあるなー」

と、湊が頬をほころばせて、ふん、ふん、とうなずく。

「実際、今も、紛争《ふんそう》地域や放射能汚染《ほうしゃのうおせん》が進んでいるところなどで、人間じゃなく、機械が作業をしたりしているらしい。きっと、より頑丈《がんじょう》で、より精緻《せいち》な動きのできるロボットを、あちこちで開発していると思う」

悠真が言うと、

「すげー」

と、湊がまた言った。

すると、陽菜が、

「戦争とか放射能とか言うけどさ、もっと普通のところで働いてくれないかな。たとえば、家でお手伝いするロボットとか、できてほしい」

と言った。

「そう。それ。手伝いや介護《かいご》をするロボットも、開発されている」

と、悠真が言った。

「安藤くん、物知りだね」

咲希は感心した。

心から思って、つい呟いただけなのに、悠真は怒ったように顔を赤くし、

「別に。この程度なら、ググればすぐ出てくるし」

と言った。

咲希は、自分が何も調べてこなかったことを申《もう》し訳《わけ》なく思い、黙った。

「それで？　もうひとつのロボットはどういうのなの」

湊が悠真に聞いた。確かに悠真は、未来でのロボットの活用法を、二通りある、と言っていた。

「うん。それは、人間とコミュニケーションするためのロボットだ。犬や猫といったペットの姿に似せたロボットは、昔から作られているけど、もっと進化していくと思う。たとえば、飼い主の声にだけ反応したり、名前を呼ばれたら喜んだりするような」

「名前とか、つけるんだろうな」

湊が言う。

「名前くらい、ぬいぐるみにだってつけるでしょ」

陽菜が言う。

「名前どころか、ペットロボットに自分とおそろいの服を着せて、一緒に暮らしている人もいるらしい。本物のペットは死ぬけど、ロボットのペットは死なないから、電池を入れ続ければ一生可愛がることができる」

悠真がそう言うのを聞いて、咲希はなぜかぞくっとして黙る。

湊と陽菜は特に何も思わないらしく、「トイレもいらないね」「餌代《えさ》もかからないな」などと言っている。

「あとは、人間の姿に似せて、話し相手をするようなロボットも開発されているらしい」

悠真が言った。

「あの、『不気味の谷』みたいなやつか」

湊が言い、

「話しかけられたら、むしろ怖いんですけど」

陽菜が言った。

『不気味の谷』みたいなやつ。ロボット博物館で見た、「美しすぎる」、だけどどこかしら不自然で、じっと見ていると人の心をざわつかせる女性アンドロイドのことだ。

「人間にしか見えないアンドロイドって、いつか作れたりするのかな……」

ふと思って咲希は呟いた。

悠真が「うん」とうなずいた。

「少し前に、人間と見分けのつかないCGアバターを作った人がいて、ついに『不気味の谷』を超《こ》えたって言われている。その技術を応用すれば、人間そのものにしか見えないアンドロイドが生まれる日も近いと思う」

「え、そうなの」

人間そのものにしか見えないアンドロイド。人は、そんなものを、本当に作れるようになるのか。

「スマホがあったら、授業の後で検索《けんさく》してみるといいけど……」

と言って悠真が、『不気味の谷』を超えたと言われているCGアバターの名前を教えてくれた。

「でもさ、人間そのものにしか見えないアンドロイドを作るのって、人間を作るのと変わらないよね。やばすぎるよね」

と、陽菜が言った。

人間を作るみたい……？

咲希はその言葉を心の中で反芻《はんすう》する。

湊が、

「人間は作れないよ。いくら似てても会話すれば人間じゃないってすぐ分かるし。ゲームの中のBOT《ボット》もそんな感じだもん。同じ言葉を繰り返すだけ」

と、言う。

「ちょっとしか話さなければ分からないじゃん」

陽菜が言い返す。

「まあ、そうだけど。さすがに友達にはなれないと思うな」

と、首をかしげる湊に、

「AIがさらに進化して、いろいろな話術を学んだら、人間と限りなく近いコミュニケーションを取れるようになるかもしれないね」

悠真が言った。

陽菜が、「怖っ」と顔をしかめた。その顔を見て、湊と悠真が笑う。咲希も笑ったが、それは怖いことなんだろうか、と心の中で思う。

「では、班のまとめに書くやつの、未来社会におけるロボットの活用法は、『人のために働くロボット』と『人とコミュニケーションするロボット』でいい？」

最後に悠真が皆に尋《たず》ねる。

「いいでーす」

陽菜が拍手《はくしゅ》し、話し合いは終わった。


その日、帰宅した咲希は、家のパソコンを操作して、悠真に教えてもらったCGアバターの名前を検索した。

そこに出てきたのは、人間だった。

いや、人間にしか見えない女の子だった。

最初、咲希は、その姿を実際の人物の写真だろうと思ったが、説明文を読んだところ、完全に創作された、CGアバターだということだった。

――人間そのものにしか見えないアンドロイドが生まれる日も近い。

悠真はそう言っていた。

科学技術の進歩を思えば、そういう日が来るのも近いのだろうか。

ちょっと怖いが、人は、誰《だれ》かとコミュニケーションをしたいものだろう。金属でできた動物のロボットを、ペットとして本気で可愛がる人もいるのだ。それならば、人間にしか見えないアンドロイドを、人間として大事にする人もいるかもしれない。人間みたいに行動して人間みたいに会話できるようになったら、そのアンドロイドは、人間と何が違うというのだろう。

悠真が、ペットの動物は死ぬけれど、ロボットのペットなら一生可愛がることができると言っていたのを思い出した。

あの話を聞いた時に、咲希はなぜかぞくっとした。死なない、という言葉を聞いた時、瞬時《しゅんじ》に頭のどこかで、祖母そっくりのアンドロイドを作れたら、死ななかったのに、と思ってしまったからだ。

どうして、ぞくっとしたのだろう。咲希は、祖母そっくりのアンドロイドを作ってもらいたいと思った。元気な時の祖母の姿で、家で待っていてほしいと思った。

咲希は今も、祖母が死んだ病院に漂《ただよ》っていた、湿っぽい、ちょっとつんとしたにおいを覚えている。

最期《さいご》の時、お母さんが、祖母のお見舞いに行くと言ったのに、咲希は一緒に行かなかった。行く？　と聞かれたのだが、返事を濁《にご》した。宿題があるからどうしようかなあ、と小さな声で言った。本当は宿題なんてほとんどなかった。ああ、そう、とお母さんはすぐに信じた。じゃあ、お留守番していてねと言われてほっとした。

その前の週に病院に行った時、祖母がすごく痩せていて、痩せただけじゃなくて顔がビニールっぽくなって見えて、怖かった。

「怖い」なんて、絶対に言ってはいけないと分かっていたから、頑張って笑顔を作って、「元気になってね」と言ったけれど、もう元気にはならないんだろうと思った。お母さんは、祖母の足をさすったり、手をつないだりしていたけれど、咲希は祖母に触ることができなかった。また祖母のところに行って、祖母の姿を見ることが、咲希にはできなかった。

その三日後に、祖母は死んでしまった。

咲希は、どうして最期まで祖母に優しくできなかったのだろうと思っている。

今は、学校から帰宅してからお母さんとお父さんが家に帰ってくるまでの時間、咲希は毎日ひとりで過ごしている。もう慣れているし、いつもは大丈夫《だいじょうぶ》なのだけど、たまにすごく寂しくなることがある。そういう時、祖母に会いたくなる。だけど、思い出す姿は、最後に会った、すごく痩せてしまった祖母ばかりで、自分が「怖い」と思ったせいで、祖母はその姿で自分に会おうとしているのかななどと思う。

時々、咲希は、アルバムをめくって、元気だった頃の祖母の姿を探す。

祖母の姿は、アルバムに、少ししか残っていない。祖母はスマホを持っていて、たくさんの写真を撮《と》っていたけれど、自身の写真はほとんど残していなかった。祖母のスマホに残っていたのは、咲希の写真ばかりだった。

英語塾のおばあちゃん先生は、祖母によく似ているけれど、祖母ではない。そんなことは分かっている。だけど、おばあちゃん先生に会うと、ほっとする。祖母が、元気な時、こんな感じだったというのを、思い出せる気がするから。

元気だった頃のばあばのアンドロイドを作ってもらえたら、「怖い」姿のばあばを思い出さなくて済むのかな。

未来になったら、そんなアンドロイドを、作れるようになるのかな。

失いたくない人をそのままアンドロイドにして、一生一緒にいられるのかな。

人間と見分けがつかないアンドロイド。そうすれば、大事な人がいつかは死んでしまう悲しみを、人は乗り越《こ》えられるのかもしれない。

ぼんやりと、そんなことを考えているうちに咲希は、今日の話し合いで陽菜が言ったことを思い出していた。

――でもさ、人間そのものにしか見えないアンドロイドを作るのって、人間を作るのと変わらないよね。

ふと、咲希の心の中に、ばあばそのものにしか見えないアンドロイドと手をつないで歩いている自分の姿が浮かんだ。

咲希は、ばあばにしか見えないアンドロイドの隣で、少し恥ずかしそうに、でも幸せそうに、歌をうたっていた。

咲希は、ばあばの前ならうたうことができた。

――さっちゃんがおうたをうたうと、まわりのみんながしあわせなきもちになれるねぇ。

中学二年

ドッジボールと僕らの温度差

長谷川湊《はせがわみなと》

秋も深まり、長谷川湊が通っている中学校では、クラス対抗《たいこう》の球技大会が近づいてきた。サッカー、バレーボール、ドッジボールの三競技に分かれて、学年ごとに熱く戦うのだ。種目ごとに順位《じゅんい》がつき、総合得点で学年の優勝クラスが決まる。

スポーツが得意な湊にとって、春の運動会と秋の球技大会は特別な行事だ。去年も今年も、運動会では応援《おうえん》団員になった。去年の球技大会ではドッジボールチームのリーダーになった。

皆《みな》を盛り上げていきたい運動会に対して、球技大会では優勝を目指したいからだ。

一年生の時、サッカー部員は球技大会のサッカーチームに入れないという謎《なぞ》のルールを聞いて、湊は心底がっかりしたが、たまたま割り当てられたドッジボールが、ものすごく面白《おもしろ》く、燃えた。

ドッジボールというと、小学校の低学年が休み時間に校庭でやる遊びだと思っていたが、本気でやると、かなり面白い競技種目だと知った。

十二人対十二人。試合に参加できる人数が正式に決まっているのは他の球技と同じだが、外野と内野の人数がチームごとの判断に任されているのが面白い。どういう攻め方《せ》をするか、布陣《ふじん》からして頭脳戦の感があり、工夫《くふう》のしがいがある。

それに加えて、「キープ・フォー・ファイブ」「ファイブパス」といったルールもある。

「キープ・フォー・ファイブ」は別名、五秒ルールといわれている。ボールを持った人が、全員、五秒以内に投球しなければならないというものだ。五秒を超《こ》えてしまうと、相手チームの内野にボールが渡《わた》ってしまうため、とっさの判断で、相手チームの内野を攻撃《こうげき》するか、自分のチームの内野から外野に、あるいは外野から内野にパスをするか、それぞれに判断が迫《せま》られる。

「ファイブパス」というのは、パスができるのは連続四回までと決められているルールだ。五回目は絶対に攻撃をしなければいけない。だから、四回目の投球までにパスをすると見せかけて攻撃したり、攻撃すると見せかけてパスをしたり、といったフェイント的な高度な動きで、相手チームをほんろうできる。

こうしたルールにより、チームメンバーが、ああしろこうしろと声をかけたりすると、戸惑《とまど》って、五秒を超えてしまうこともあるから、各自の瞬間《しゅんかん》の判断力が重要になる。また、基本的にパスする担当、攻撃する担当、と、事前に作戦を立てておくことも必要だ。ドッジボールは遊びどころではなく、高度なかけひきが求められる頭脳戦で、そこがとっても面白い。

さらにもうひとつ、湊の中学校の球技大会ならではの、独自《どくじ》ルールがある。男子は攻撃の投球だけ、利《き》き手ではないほうの手でしなければならないというものだ。これは、男女混合チームであることからの配慮《はいりょ》だ。湊としては、利き手を使って本気で投げたい気持ちはやまやまだが、こればかりは仕方ないと思っている。むしろ、利き手ではないほうの手を鍛《きた》えて、相手チームの男子メンバーよりも優位に立ちたい。

二年生になった湊は、率先《そっせん》してドッジボールチームに入った。当然、リーダーにも立候《りっこう》補《ほ》した。

しかし、である。ドッジボールチームのリーダーになった湊の心は、球技大会が近づくにつれ、暗くなっていった。

朝練をサボる人たちがいるからだ。

朝練は授業とは違《ちが》い、義務ではない。当然、来なくても、遅刻《ちこく》や欠席といった扱《あつか》いには、ならない。各自の「頑張《がんば》ろう！」という心にかかっているものだ。

そうなると、やる気のない人間が自然と浮《う》かび上がってくる。

ドッジボールチームには、約二名、特にやる気のない人がいる。サッカー部のタクヤ、それから同じ小学校出身の清水陽菜《しみずひな》だ。

今日、体育でそれぞれのチームに分かれて練習する時に、湊はドッジボールのメンバー十四人に呼びかけた。

「全員、明日から絶対に、朝練をサボらないようにお願いします！」

湊が言うと、真正面にいたナカニシがうつむくのが見えた。

今日の朝練に、ナカニシは遅刻してきた。寝坊《ねぼう》したと言っていた。実際に、そうだったのだと思う。つい笑ってしまうほど、髪《かみ》に寝ぐせがついていたから。

ナカニシは遅刻したのは初めてだし、明日からはちゃんと来てくれるだろうから問題はない。

しかし、タクヤはどうしたものか。ここのところ、学校にすら来ていないのである。ゲームのやりすぎで昼夜逆転《ちゅうや》の生活を送っているうちに朝起きられなくなったという噂《うわさ》がある。ゲーム内で大量課金《かきん》してしまい親ともめている、とも聞いた。タクヤがいわゆる「ゲーム廃人《はいじん》」なのは仲間内では有名な話だ。

タクヤには後でメッセージアプリで個別に連絡をしておこうと思いつつ、湊は皆に言う。

「今まで、来てくださいとは言ってたけど、義務って感じじゃなかったんだけど、そろそろやばい感じがしてきてますので、朝練を義務にします！」

去年の屈辱《くつじょく》を思い出す。

湊は、自分は球技全般が得意なので、利き手を使えなくとも余裕《よゆう》だと思っていた。しかし、やってみたら、とても難しかった。ちゃんと練習をしておけばよかったと悔《く》やんだ。

学年優勝した一年一組では、リーダーが皆に呼びかけ、事前にしっかり投球練習をしていたそうだ。

それを聞いて、湊は、男子全員に利き手ではないほうの手での投球練習をしっかりやっておいてもらいたいと思っている。タクヤは、ゲームでセミプロ級の腕前《うでまえ》だということからも分かるように、瞬間の判断力がすごいのだ。戦力になってもらいたい。

「あと一週間しかないんで！　ちゃんと練習しないとやばいんで、絶対朝練、お願いします！」

檄《げき》を飛ばした時、「だる……」という、小さな声が聞こえた。

声のした方向を見ると、しらけた顔の陽菜がいた。彼女《かのじょ》の言葉に湊は一瞬ひるんだが、聞こえなかったふりをして、

「明日の朝練、絶対に遅刻しないように！」

と、さらに声を張った。


その日も、帰宅すると、湊はスマホのゲームを立ち上げた。

最近、サッカー部で流行《はや》っているのは、『エルデン大戦争』というタワーディフェンスゲームだ。「エルデン」という名の主人公《しゅじんこう》と、その仲間たちのキャラクターを育てて陣取《じんと》りをしながら、ワールド制覇《せいは》を目指すというものである。

FPSゲームの『スターワールド・ヒーローズ』シリーズのように瞬発力が求められる

わけではなく、自陣をどう組むか、敵キャラにどのキャラをあてるか、といった、育成の面白さがあるゲームだ。ひとりで遊ぶこともできるが、「ワールドワイドマッチ」を選べば、三人でチームを組んで遊べる。

自分たちで育てたとっておきのキャラを出して、仲間と連携《れんけい》させて出撃させるのは面白い。仲間とキャラ被《かぶ》りしないように相談しながら協力して戦えるのだ。

湊の両親は会社勤めで帰宅時間はまちまちだ。

母親か父親のどちらかが帰る前に、ゲームをたくさんしておきたい。帰ってくると、「またゲームをやっているの？」と厳《きび》しく言われる。

去年あたりから、姉の渚《なぎさ》が、湊がゲームをやることを強く批判《ひはん》し、親が甘やかすせいだと主張《しゅちょう》するようになった。そのせいで、湊の両親が湊のゲーム時間を制限するようになり、腹が立っている。その点、ナカニシがうらやましい。ナカニシの家は、お母さんはゲームへの理解がないのだが、お父さんは『スターワールド』のアカウントを持っていて、一緒《いっしょ》に協力して遊ぶこともあるというのだ。かたや湊の家では、渚が「湊の成績《せいせき》が下がってきているのはゲームばかりやっているせいだ」と吹《ふ》き込《こ》んだせいで、母親が、湊がゲームをやることを心配するようになってしまった。

しかし湊は、自分は勉強をしている時以上に、ゲームをしている時こそ頭を使っているという実感がある。

なぜなら、育成しているキャラの特殊能力《パーク》にまつわる数値は全て把握《はあく》しているし、どのキャラとどのキャラの能力をかけ合わせれば、どの敵キャラに対してどう効くかといったあたりの緻密《ちみつ》な計算を一瞬でしながら、最適《さいてき》な動きを心がけて戦っているからだ。

陣の組み方や戦法については、すでに有名ゲーマーによって数々の方式が開発されているが、湊自身、常に研究し、アイデアを磨《みが》いている。良い布陣を思いついた時に、SNSに投稿《とうこう》したこともある。実際、湊のやり方を実戦に取り入れてくれた大人のゲーマーもいるくらいなのだ。

今日も、ゲーム仲間のナカニシと、もうひとりのサッカー部員と、『エルデン大戦争』で遊んでいる。

ワールドワイドマッチは、敵とのマッチングまでに時間がかかるので、雑談をしながら待つことも多い。

そしてこの日、マッチ待ちの時間に話題になったのはタクヤのことだった。

「タクヤって、なんでずっと休んでるの？」

と、湊はナカニシに聞いた。

ナカニシはタクヤと同じマンションに住んでおり、親どうしの仲が良い。親経由でタクヤ情報が入りやすい。

「体調が良くないんだって」

と、ナカニシが答えた。

「風邪《かぜ》ひいてんの？」

湊が聞くと、

「違うけど、病院行ってるって言ってた」

と、ナカニシが答えた。

「病院？　なんで？」

「朝、起きらんないんだって」

ナカニシの言葉に、

「夜中に大会に出てるからじゃないの」

もうひとりのサッカー部員が言った。

ああ、そうか、と湊は納得《なっとく》した。『エルデン大戦争』は日本のユーザーが多いのだが、『スターワールド』は海外勢《ぜい》が多い。世界大会は深夜の時間帯に開催《かいさい》されがちだ。タクヤはよくその配信をリアルタイム視聴《しちょう》しているようだったし、ゲームに人生をかけているのだろう。

「すげーな」

湊は心底感心した。朝起きられないから病院に行くというのはよく分からないが、プロゲーマーを目指しているとしたら、応援したい。タクヤに、ドッジボールの大会の朝練に来てくれとは言いにくい気もした。

すると、ナカニシが言った。

「いや、ゲームも今はあんまりやっていないらしい」

その言葉に、

「えっ」

「なんで」

と、湊ともうひとりのサッカー部員は同時に聞いた。

「あまり言うなって親に言われたから、秘密な。タクヤ、朝起きらんない病気なんだって。それで、治すために、ゲームの時間も制限されてるんだって」

と、ナカニシが言った。

「なんなんだよ、それ」

と、もうひとりのサッカー部員が笑ったが、湊は黙《だま》った。そういえば、と思い出したことがあったからだ。

姉の渚のことである。

渚は二学期から、高校を休学した。

そうなるまでに、父親と母親と渚の三人であれこれ話し合っているのは知っていた。時に渚が泣いたりわめいたりしているのも知っていた。だが、詳《くわ》しい事情については分からない。湊は、渚の件については、関わりたくないから、聞かないようにしていたのだ。しかし、漏《も》れ聞く話の中で、渚が「朝起きることができない」ことは知っていた。

どうして起きられないのか、分からない。眠《ねむ》いだけだろ、と思う。

だが、この高校に入学するために、渚は毎日、夜中までずっと勉強していたのだ。父親と母親の話によれば、渚が合格したのはこの地域《ちいき》で一番の名門校だという。

せっかく入ったすごい高校を、朝眠いからというだけの理由で休学してしまうなんて、湊には信じられないことだった。

両親も同じように感じていたらしく、ある時、父親が渚に、氷水に足を入れてでも目を覚ませ！　と怒鳴《どな》るのが聞こえてきた。

それに対し、

――どうして分かってくれないの。

と、渚は泣いていた。

――分かるも何も、学校に行くだけのことが、なんでできない⁉　行けばいいんだよ、行けば！　湊だって行ってるじゃないか！

俺《おれ》の名前を出してくれるなよ、と苦々《にがにが》しく思いながら、湊は自分の部屋に引っ込んだ。

あれは去年の今頃《いまごろ》だったか。毎日のように、父親が怒鳴り、姉が泣き、母親がおろおろし、家族の雰囲気《ふんいき》は最悪だった。自室でゲームをやっていても、音楽を聴《き》いていても、あの頃《ころ》湊は毎日きつかった。

同時に、すごく不思議だった。

渚は、小学校でも中学校でも、明るい人気者だった。湊に比べて勉強もよくでき、友達も多かった。学校にも楽しく通っているように見えた。

それが、中学校の途中《とちゅう》から休みがちになった。中三の一年間で、まともに通えた日なんて、どのくらいあっただろう。しかし、夜になると友達とアプリ通話で話していたり、休日も遊びに行ったりしていた。お母さんは、いじめられているのではないかと気にしていたが、渚は否定《ひてい》した。

名門高校の入学試験を受けて合格した渚が、この春からようやく新スタートを切れると誰《だれ》もが思っていた。だが、またしても一学期の途中から、学校に通えなくなったのである。

湊は、自分の姉の話をふたりにしようかと思ったが、もうひとりのサッカー部員がタクヤのことを、

「単に、サボりたいだけじゃないの」

と言うのを聞いて、黙った。

「サボりたいだけじゃないの」は、家族中が渚に対して思っていることだ。おそらく先生にも、友達にも思われているだろう。

——どうして分かってくれないの。

渚の涙まじりの悲痛《ひつう》な叫《さけ》びが、今も耳の奥に残っている。

そういう病気もあるらしいよ、と湊は友達に言おうか迷って、結局やめた。どうしてやめたのか分からなかった。自分も姉が学校に通えないでいることを恥《は》ずかしく思っているのかもしれない。

渚は今、定期的に病院に通っている。どういう治療《ちりょう》をしているのかまでは聞いていないが、薬も出してもらっているようだ。

ピロロンッと、ゲームの対戦相手が見つかったことを知らせる音がした。

それ以降、湊たちはゲームに熱中し、タクヤについて話すことはなかった。

翌日も、陽菜とタクヤは朝練に来なかった。

タクヤは本当に体調が悪いのかもしれない。だが、陽菜は朝のホームルームの時間には、学校にいた。

湊は一時間目が始まる前に、みんなの前に立って、全員に呼びかけた。

「今後、朝練に来られなかった人がひとりでもいたら、罰《ばつ》として全員夕方も練習にします！」

拍手《はくしゅ》が湧《わ》く。「賛成《さんせい》！」「湊、つぇえ！」といった賛辞《さんじ》も聞こえたが、かすかに舌打《したう》ちも聞こえた気がした。

授業が始まっても、湊はなかなか集中できなかった。球技大会の練習のことを考えてしまう。

チームメンバーを決めた時のことを思い出す。

実を言えば、湊は、ドッジボールチームを精鋭部隊《せいえいぶたい》でそろえようと、事前に画策《かくさく》していた。同じクラスのサッカー部員とバレー部員に、ドッジボールを希望するように声をかけていたのだ。

サッカー部員は湊を入れて五人、バレー部員は男女合わせて七人、このメンバーは、球技はなんでも得意だ。ドッジボールチームの割り当ては十四人だが、実戦は十二人で行うので、プレイヤーを全員サッカー部員とバレー部員の十二人で固めて、他のふたりを補欠《ほけつ》に回せれば理想的だ。決勝戦は、絶対にそうしようと、湊ははなからそんな計画さえ立てていたのだ。

しかし、ふたを開けると、全く違う結果になってしまった。

というのも、ホームルームのチーム分けでドッジボール希望者を集《つの》ったところ、クラスの半数をゆうに超える二十人もが立候補したのだ。

手を挙げたメンツを見て、湊は心の中で、「なんなんだよ！」と呟《つぶや》いた。球技が得意ではなさそうな人たちがたくさん手を挙げていたからだ。

こいつら絶対、バレーやサッカーよりドッジボールのほうが簡単そうだと思ってるだろ。

消去法《しょうきょほう》でドッジボールが選ばれた気がして、湊は内心いらついた。

さらにショックだったのは、体育委員が作ったあみだくじで「公正に」メンバーを決めたところ、湊が戦力として見込んでいたサッカー部員のふたりとバレー部員の四人が、くじに外《はず》れてしまったことである。

おまけに朝練が始まったら、サッカー部員のタクヤとバスケットボール部の陽菜が堂々《どうどう》とサボり出した。貴重《きちょう》な運動部のふたりがやる気になってくれないことに、湊の落胆《らくたん》は大きかった。

朝練の内容についても、絶望感は大きい。

強いボールを投げられるのも、速いボールを受け止められるのもチームの半数しかいなかった。

他は、内野で逃《に》げ回ることしかできない女子や、利き手でないほうの手で投げるとたんにひょろりと変な方向に飛ばしてしまう男子ばかり。

このメンバーで優勝できるのだろうか……。

先が思いやられるが、まだ時間は残っている。

なんとか、練習内容を濃《こ》くして、みんなの力をつけなければならない。

「はあ……」

湊はため息をついた。

授業が終わると、クラスメイトの安藤悠真《あんどうゆうま》に、

「あのさ」

と、声をかけられた。

湊は少し嬉《うれ》しくなった。

創作部でガンプラ作りをしている悠真とは、部活も違うし、普段はあまり話さない。だが、去年、同じ行動班《はん》で校外学習に行った時、アンドロイドやロボットの話をして、楽しく盛り上がった。そうやって一時的に近しい仲になったと感じられたのに、校外学習が終わり、日常が戻ると、あまり話をしなくなった。

二年生でふたたび同じクラスになってからも、特に仲良くなったりはしなかった。

湊が日常的につるんでいるのはサッカー部の仲間たちだ。部活でしょっちゅう顔を合わせるし、試合にも一緒に行くし、家でも同じゲームで遊んでいる。何かとノリが合うし、共通の話題が多いから、一緒にいて楽なのだ。

とはいえ、悠真とはいつかまた話してみたいなと思っていた。だから、彼《かれ》が話しかけてきてくれて、湊は嬉しかった。

「どうしたの、安藤」

ちょっとこそばゆいような気持ちで湊が聞くと、悠真は、

「朝練の集合時間が早すぎるんじゃないか？」

と言った。

へ、と思った。

どうやら、球技大会のことで、意見を言いにきたらしい。

「塾《じゅく》で夜遅《おそ》くて朝早く起きられない人もいると思うよ。だからバレーチームでは、朝練は任意《にんい》にして、休み時間と放課後《ほうかご》に、各自でサーブ練習をすればいいってことになったんだ。ドッジボールもそういうふうにしたら？」

久しぶりに話す悠真に突然、そんな提案をされ、湊はつい、「ふんっ」と鼻を鳴らした。

くじの結果とはいえ、バレーチームには運動が得意な面々が集まったのだ。はっきり言って、悠真はそういうタイプではないが、サッカー部で湊の次にうまいやつとか、野球部のエースとかも、バレーチームに所属《しょぞく》している。

一方、ドッジボールチームは、スポーツが苦手そうな人も多く、ちゃんと練習しないと、

一回戦から負けてしまいそうなのである。そうした事情も知らずに、無関係のチームに所属する悠真から文句を言われて、むっとした。

悠真は言いたいことを伝えると、「じゃ」と言って、自分の席に戻って行った。

湊はなんだかむしゃくしゃした気分になった。

休み時間はまだ少し残っていた。

教室の後ろで友達と話している陽菜を見つけた。

湊は陽菜を呼び止めて、

「まじで、明日はサボらないでくれる？」

と念押《ねんお》しした。

悠真とのやりとりでいらいらしていたからか、声が少し尖《とが》って響《ひび》いた。

すると陽菜が、

「は？　無理なんだけど」

と、真顔で返した。

「無理」という言葉の響きに、湊の頭に血がのぼった。

「無理とかってありえないだろ！　あと一週間だって、分かってるのかよ？」

つい大きな声が出てしまい、周りでしゃべっていたグループがしんとした。

陽菜は黙った。背の高い湊の視点からは、うつむいた陽菜の表情が分からない。苛立《いらだ》った湊は、

「とにかく、清水がサボったら、皆の連帯《れんたい》責任になるからよろしく」

と、強く言った。

陽菜の表情は、最後まで分からなかった。

三、四時間目の授業中も、給食を食べている間も、湊はなんだかもやもやした気分だった。
昼休み、サッカーをやりに校庭に行こうと、湊がナカニシと廊下《ろうか》を歩いていると、市川《いちかわ》咲希《さき》が現れた。

「長谷川くん、ちょっといい？」

咲希は決意を込めたようなまなざしで、湊に話しかけてきた。

「何、何」

ナカニシは好奇心《こうきしん》に満ちた顔つきだったが、「球技大会のことで」と咲希が言ったとたん興味をなくし、先に校庭に行ってしまった。

「さっき陽菜ちゃんに言っていた連帯責任のルール、やめた方がいいと思う」

と、咲希に言われ、湊は内心でうんざりした。

安藤に続いて、市川さんも口を出してくるのかよ。そう思った。

「球技大会まで一週間しかないんだから、強制参加が当たり前でしょ」

湊が言うと、

「でもね、陽菜ちゃんが朝早く来られないのって、妹と弟に朝ごはんを食べさせているからなんだよ。朝、仕事でお母さんがいないから、陽菜ちゃんがふたりの支度をしてあげてるんだって」

と咲希は言った。

湊は「えっ」と思った。そんなことは聞いていなかった。

「それに、音楽部の子も困っていたよ。音楽部は入場行進の音楽を担当するから、その朝練があるの」

そう咲希に言われたが、ドッジボールのメンバーに音楽部の人がいたことも、湊は知らなかった。

「それは……悪かったけどさ」

しかし湊の心には、陽菜や音楽部の人に対する苛立ちも湧き上がる。

「でも、どうしてみんな、俺に言ってくれないんだよ。言ってくれなきゃ、分からないじゃないか」

「長谷川くんに、みんなが言いにくくなっていた気持ち、分からない？」

普段穏《おだ》やかな雰囲気の咲希が、少し責めるような目をして湊を見ていた。その表情に湊は若干《じゃっかん》ひるみ、

「だけどさ……」

と言ったまま、後は何を言ったらよいのか分からずに口ごもる。

自分が、陽菜の事情を全く考えずに、ただ朝練に来るようにと強い口調で言ってしまったのを思い起こした。あの時、うつむいた陽菜の表情が読めなかった。

「どうしたの？」

と、声がした。

ちょうど通りかかった悠真だった。

今日は珍《めずら》しく、やたらと話しかけてくるなと湊は思った。いつも、周りの人にあまり興味がないように見えていた悠真だったが、球技大会のことは気になるらしい。そういえば、ロボット博物館の班の同窓会《どうそうかい》みたいだなと湊は思ったが、黙っていた。もうひとりのメンバーの陽菜が、ここにいない。

「うん、あのね……」

咲希が、どう言おうか迷ったように口ごもった。

代わりに湊は、

「ドッジボールの朝練のことで、市川さんから文句言われてた」

と説明した。

「文句じゃないよ」咲希の顔が赤くなった。「もっとみんなの気持ちを考えたほうがいいよって思っただけ」

「文句じゃん」

湊は言い返す。

「教室の中に温度差があるから、リーダー役の人は、難しいよね」

と、悠真が言った。その語尾は優《やさ》しく、一方的に自分を責める感じではなかったので、湊はほっとし、

「温度差？」

と呟いた。

「みんな、それぞれの事情があるし、僕《ぼく》みたいに球技系全般スルーしたいタイプもいるから」

悠真が言った。

「スルーしたいのかよっ」

湊が言うと、咲希が少し慌《あわ》てたように、

「あ、私は球技大会頑張りたい派だよ。だけど、罰則《ばっそく》を作られたらやる気がなくなるかも」

と、言った。スルーしたい、やる気がなくなる、といったふたりの言葉に、湊はまさに「温度差」を感じたが、彼らが自分のためを思って率直《そっちょく》な意見を言ってくれていることも

分かった。とはいえ、学年優勝を諦《あきら》められない。

「じゃあ、どうしたらいいんだろう……」

つい、不安が言葉になってこぼれる。すると、悠真が言った。

「正直、僕は球技大会になんの思い入れもなかったけど、長谷川くんが学年優勝を狙《ねら》うって宣言した時、ちょっと頑張りたくなったよ。練習時間が合えば、やる気になる人も多いんじゃないかな」

悠真の言葉に、うん、うん、と何度もうなずいていた咲希が、ふと思いついたというふうに、

「ねえ、昼休みに練習するのはどうかな？　家族の事情も、部活や習い事も、昼休みにはないから」

と言った。

昼休みはサッカーをやりたいんだよなあ。

湊はそう思ったが、確かに皆が学校にいて、集まりやすいのは、そこしかない気もした。

サッカーなら部活でできるし、今一番大事なのはドッジボールの練習だ。

「分かった」

湊が言うと、咲希がほっとしたように息をつき、その咲希の表情を見て安心したように悠真が去って行った。

「あいつ、市川さんのこと、好きなんじゃない？」

ふと思いついて湊が言うと、咲希は「え」と言い、「それはない」と、即座《そくざ》に否定した。

そして、

「陽菜ちゃんの事情、みんなに言いふらさないでね」

と言い残すと、湊から離《はな》れた。

言いふらすわけないじゃん、と湊はちょっと頭にきたが、まあいいや、と思い直した。

悠真が咲希を好きなのかもしれないという思いつきも、湊はすぐに忘れた。まずはドッジボール大会の練習時間を明日から昼休みにすることを皆に伝えよう。そのことで、頭がいっぱいの湊だった。


いよいよ球技大会の前日だ。

昼練に加え、有志で放課後の練習もした。有志といっても、湊が声をかけると、十四人中十三人、つまり欠席しているタクヤ以外の全員が参加したのである。

くたくたになって帰宅した。

居間で勉強していた渚が、

「おかえり〜」

と、声をかけてくれた。機嫌《きげん》が良いようで、ほっとした。

せっかく入った高校を休学してしまった渚だが、休学すると決めてからのほうが、表情がやわらかくなった。前はしょっちゅう大声で怒鳴ったり、泣きわめいたりしていて、触《さわ》らぬ神にたたりなしの状態だった。湊は、渚にスマホを壊《こわ》されたこともある。その後、しばらくスマホを買い直してもらえず、とんだ迷惑《めいわく》をこうむったものだ。

渚はいまだ、寝込《ねこ》んだり、泣いていたりすることもあるが、先週末はお母さんとにこにこしながら一緒に料理を作っていた。家の中に少しずつ平和な空気が増えてきた。

「顔になんかついてるよ、砂？」

渚に言われ、湊は洗面所で顔を洗ってから、

「明日、球技大会だから練習してきた」

と、言った。

「湊、何やるの？　サッカーは出られないもんね」

同じ中学校出身の渚は、球技大会の三種目を把握している。学校を休みがちだったわりに、好きな行事には出ていて、球技大会でも自分の所属するチームを応援していた。

「ドッジボール」

湊が言うと、

「あー、ドッジかー。余裕でしょ？」

渚が軽く言う。

「いや、ぜんぜん余裕じゃないって」

「なんで。敵、弱いでしょ、どうせ」

渚の代もそうだが、以前から球技大会へのやる気のない子がドッジボールに集まっていたようなのだ。

そんなことはない、今はドッジボールも熱いんだ、という話を湊はする。

「へー」

感心している渚に、湊は練習時間を朝から昼に変えた話をする。連帯責任にしようとしたら、一部の人たちに苦情を言われたこと。それで練習時間を変えたこと。今日の放課後練にはタクヤ以外全員集まったこと。

そこから、タクヤの話になった。ゲームのうまい子として、渚もタクヤの名前は知っている。

そのタクヤが、いつからか、遅刻ばかりするようになって、最近は学校にほとんど来ていないと、湊が話すと、渚が眉《まゆ》を寄せた。湊は、このあいだナカニシから聞いた話をした。

すると、渚が、

「その子、私と同じかもね」

と言った。

「あ……そうなのかな」

そうかな、とは思っていたのだが、湊は、答え方に迷う。

「病院に行ってるなら、『起《き》立《りつ》性《せい》調《ちょう》節《せつ》障《しょう》害《がい》』だね、きっと」

と、渚が言った。

「きりつせい……」

「朝、起きられないんでしょ？」

「あー、なんか、そうみたい」

「やばいね。親にもきっと責められてるし、その上『朝練来い』とか、友達にプレッシャーかけられたら、死にたくなるよ」

「そうかな」

「え、言ったの？」

「言ってないよ、そんなこと」

湊は慌てて打ち消しながら、言わなくてよかったと、内心で胸をなでおろした。

渚が、

「ほんと、普通に学校行きたいし、普通に全部ちゃんとやりたいのに、できないから、ひたすらしんどいんだよ、本人は」

と、いくぶんしんみりした口調で言った。タクヤと自分を重ね合わせているのかもしれ

ないが、弟に向かって珍しく弱音を吐《は》く渚に、何と声をかけたらいいのか分からなくて、

「そうなのかぁ」

と、あたりさわりなく、湊は言う。

「そうなんだよ」

渚が小さく笑う。

「あ、でも」ふいに湊は思いつき、「アラームをふたつかけたらいいじゃん！」と言ってみた。

名案だと思ったが、目の前の姉の笑顔が静かに消える。

「そういう問題じゃないんだよ。朝、目はちゃんと覚めるの。覚めても、頭が痛いし、体は重いし、ものすごくだるいから、起き上がることができないんだ。背中を、ベッドのシーツに貼《は》りつけられている感じ。そういう症状なの。アラームとか、気合とか、努力とか……、そういう話じゃなくて、学校行くほどの力が、本当に出ないの。それなのに、私、『いつになったら行けるのか』って、親に繰《く》り返し聞かれて、学校の先生にも『このままだと怠《なま》け癖《ぐせ》や負け癖がつくぞ。一生変わらないぞ』って脅《おど》されて。体のこと以上に、そういう言葉が本当にきつかった。お医者さんが話してくれたことでお母さんがやっと理解して

くれて、それで最近ようやく救《すく》われてきたところ。でも、その子はまだ、周りに理解してもらえてない状態かもよ？」

「そうか……」

「『アラームをふたつかけたらいいじゃん！』は、まじで絶望される発言だから、覚えておいてね」

「はい……」

湊は、しゅんとなった。

一瞬、姉と分かり合えた気がしたのに、すぐにその瞬間は立ち消えた。でも、どうしようもなかった。

渚に言われたように、自分には渚のつらさは分からない。

同じように、タクヤがどういう状態なのかも、きっと自分には分からない。

そういえば、陽菜は弟と妹に、毎朝ごはんを食べさせているそうだ。陽菜にも、陽菜の事情があって、彼女が抱《かか》えているものも、湊には分からない。

気持ちの温度差がある。

体調とか家族とか、大きな事情が皆にある。

自分は他の人にはなれないから、他の人の抱えているものは分からないのだけれど、想像することくらいはできたのかもしれない。

――『朝練来い』とか、友達にプレッシャーかけられたら、死にたくなるよ。

そうなのか？

そうだったのか？

湊は、球技大会の前日、タクヤがいったい、何を考えているのだろうと想像した。

自分が彼に今、かけられる言葉はあるのだろうか。

頭の中でぐるぐる自問《じもん》し、良い答えを思いつかないまま、光るスマホの画面を見つめ続けている。

市川《いちかわ》咲希《さき》

指をしならせ、吹《ふ》き口に息を込《こ》める。

砂けむりのなか、響《ひび》く音色と皆《みな》の足音に耳を寄せた。

校庭のテントの下、音楽部の部員二十五人で奏《かな》でる『双頭《そうとう》の鷲《わし》の旗《はた》の下《もと》に』を短くアレンジしたものと『ルパン三世《さんせい》のテーマ』。

三学年全員の行進が終わり、咲希はほっと息をついた。

定番の行進曲『双頭の鷲』は運動会でも演奏したが、今回の『ルパン三世のテーマ』は初挑戦《はっちょうせん》だった。皆でそろって練習する時間がなかなか取れず、前日の合わせでさえちぐはぐだったので、本当に不安だったが、なんとかかたちになった。

一学期の運動会、二学期の球技大会、学芸会、そして三学期の卒業式と、音楽部が演奏を披露《ひろう》する機会は、年に大きく四回ある。

今日は二学期の球技大会。『ルパン三世のテーマ』は、部長が提案した曲だったが、面白《おもしろ》いんじゃないの、と軽い感じで決まった。親しみやすい旋律《せんりつ》で、奏でることが楽しくなる響き。ちなみに午後の表彰式《ひょうしょうしき》ではヘンデルの『見よ、勇者《ゆうしゃ》は帰る』を、退場行進では『宝島』を、運動会に引き続き今日も音楽部は演奏する予定だ。球技が中心の行事だが、音楽部員にとっても、年に数度の大きな舞台《ぶたい》が今日だった。

校長先生の挨拶《あいさつ》の後に、球技大会実行委員の生徒がルールを説明し、それから各コートに分かれて、ウォーミングアップが始まる。

演奏をしていた音楽部のメンバーは、各自の楽器をいったん片付《かたづ》けて、それぞれのチームへと分かれていく。

咲希も自分のフルートを収納《しゅうのう》ケースにしまった。

音楽部の演奏で、咲希の担当はフルートだ。入部した時に割り当てられて、それから練習をし始めた。

去年に比べ、だいぶうまく演奏できるようになってきて、今や一年生のコーチまで任されている。

そう。咲希には今、ふたりも後輩《こうはい》がいるのだ。現在音楽部のフルート担当は三人。二年生は咲希ひとりで一年生がふたり。

驚《おどろ》いたことに、去年は誰《だれ》も希望しなかったフルートに、今年は一年生が四人も希望を出してくれた。しかし、中学校から借りられるフルートは三つしかない。そのうちひとつは咲希が去年から使っているため、一年生でフルートを吹けるのは四人のうちふたりである。

フルート担当をどのように決めようかと思っていたら、少し前の運動会の演奏を最後に引退《いんたい》した三年生の先輩から、リコーダーでオーディションをするとよいとアドバイスされた。先輩の代ではクラリネットが人気で、やはりリコーダーでオーディションをしたというのだ。

顧問《こもん》の先生と、部長、副部長と、それから咲希が選考を担当した。

咲希にはふたりの後輩ができた。ふたりとも、フルートに触《さわ》るのは初めてということだったが、リコーダーがうまくて選ばれただけに、最初から良い音が出せ、覚えがよかった。

今日の舞台も、咲希は自分の演奏だけでなく、後輩の演奏も気にかけていた。

楽器ケースを音楽室に持って行ってくれる後輩たちに、

「めっちゃ良かったよー。おつかれ！」

と声をかけた。

ふたりの後輩は、

「ほんとですか」

「ありがとうございます」

と口々に言い、嬉《うれ》しそうに顔をほころばせる。

「球技大会も頑張《がんば》ってね」

と声をかけ、楽器のケースを後輩たちに任せた。


咲希の所属するサッカーチームは善戦したが、最後は負けてしまった。といっても、咲希は基本的に控《ひか》えのメンバーだったので、試合には少ししか出ていない。責任が大きくないほうが気楽だ。ほぼ活躍《かつやく》していないことについては、あまり気にしていない。それより、最後の演奏のほうが大事だった。

「市川さん、ドッジボールの応援《おうえん》に行こう!」

サッカーの試合を終えると、小早川《こばやかわ》さんに声をかけられた。

小早川さんとは、サッカーチームでの練習を通じて仲良くなった。同じチームなので、一緒《いっしょ》に行動している。

サッカーチームのメンバーの中で、咲希はたぶん、一番下手《へた》なのだが、次に下手なのは、失礼ながら小早川さんじゃないかと思っている。だから、勝手に仲間意識を抱《いだ》いている。小早川さんも同じ気持ちかもしれない。

そもそも咲希はサッカーなんて、やりたくなかった。といって、残りふたつの競技であるバレーボールとドッジボールもやりたくなかった。

咲希は、体育の成績《せいせき》が悪いわけではない。幼《おさな》い頃《ころ》から習っているから水泳は得意だし、リレーの選手に選ばれるほどではないが、足もそこそこ速いほうである。しかし、小学生の頃から球技だけは苦手だった。

球技大会では、三種類の球技の、どれかを選ばなければならない。バレーボールはサーブができないし、サッカーボールをパスされたら困ってしまう。逃《に》げていればいいだけのドッジボールが一番ましだろうと思って、ドッジボールを希望した。

だが、同じことを考える人は多かったようで、ドッジボールは争奪戦《そうだつせん》となった。咲希はあみだくじに外《はず》れ、サッカーチームに入ることになった。

体育の授業で、各競技のチームに分かれて練習することになり、暗い気持ちになった。パスやシュート練習をしたところ、他の子たちと比べて、実力差が一目瞭然《いちもくりょうぜん》だったからだ。

男女混合のチームだが、各組のレベルをそろえるために、サッカー部員やサッカー経験者は入れないことになっている。それなのに、球技センスの良い子は、普段サッカーをやっていなくても、なぜか最初からボールさばきがうまいのだ。パスを出したいところに出せる。シュートを打ちたい方向に打てる。

一方で、咲希ときたら、止まっているボールを蹴《け》ろうとして空振りしてしまうありさまであった。

練習試合で、たまにパスが来ると、おろおろと戸惑《とまど》って、あらぬほうにボールを蹴ってしまう。

「ドンマイ」

と、みんなに言われる。

優《やさ》しい声かけなのだが、あまりにもドンマイドンマイ言われ続けるうち、恥《は》ずかしいやら、情《なさ》けないやら、消え入りたくなった。

救《すく》いだったのは、同じチームに小早川さんがいたことと、サッカーチーム全体がゆるい雰囲気《ふんいき》だったことだ。

ガチのサッカー部員がいないおかげで、仲良くやろう、負けてもいいよね、というムードがあった。

咲希はそのムードにほっとしていた。咲希にとって、球技大会は、球技を頑張るというよりは、入退場時の演奏を頑張るイベントだし、『ルパン三世のテーマ』を上手に演奏するほうが、サッカーで点数を入れることより大切に思えていたからだ。

そんなおり、チームごとに分かれて練習する時間に、隣《となり》のドッジボールチームの集合場所から、

「全員、明日から絶対に、朝練をサボらないようにお願いします！」

という声が聞こえてきた。

呼びかけているのは、ドッジボールチームのリーダーの長谷川湊《はせがわみなと》だった。

サッカー部のキャプテンの湊は、いつも明るくて、声が大きくて、周りの皆を巻き込む

パワーがある。だから、男子だけでなく、女子にも人気がある。だが、咲希は湊をちょっと怖《こわ》いと思ってしまう。その明朗《めいろう》さに気圧《けお》されるからだ。

去年、校外学習の行動班《はん》で一緒になり、その時少しだけ話をした。そして彼が、朗《ほが》らかで楽しい人だと分かった。だけど、今もまだ湊の前だと緊張《きんちょう》する。「ちょっと怖い」と思う気持ちは消えていない。

だから、ドッジボールチームでの湊の呼びかけを聞いて、咲希はあみだくじに外れて良かったと思った。ただでさえ新譜《しんぷ》で手一杯《ていっぱい》なのに、朝練なんて、とてもできない。一本気な湊が率いるドッジボールチームで、練習を欠席などしたら、真《ま》っ向《こう》から非難《ひなん》されそうでとても怖い。

その後も、湊が暴走《ぼうそう》しているという噂《うわさ》は耳に入ってきた。

ドッジボールチームはガチらしい。長谷川が、朝練をサボったやつに罰《ばつ》ゲーム考えてるって。やばいね。朝練サボるやつがひとりでもいたら練習日を増やすとか言ってる。連帯責《れんたいせき》任だってさ。清水《しみず》がサボったから、長谷川がキレてるって……。

他人事だと思って聞いていた噂話の中で、清水陽菜《ひな》の名前が出てきた時、咲希の心がキュッとなった。

陽菜ちゃんは、朝練に出られない……。

無関係だと思っていたドッジボールチームの動向が、咲希は急に気になってきた。

そんなおり、湊がサッカー部の友達に、

「あいつ、朝練サボるとか、まじでありえねーよな」

と言っているのが聞こえた。

陽菜ちゃんのことを話しているのだと、ぴんと来た。

咲希は、湊に何か言おうと思ったが、その場では声をかける勇気《ゆうき》がなかった。

それで、サッカーチームの練習の時に、

「ドッジボールチーム、朝練が義務みたいだけど、どうなんだろうね」

と、小早川さんに言ってみた。

小早川さんは、

「やばいよね。うちら、サッカーチームで良かったよ〜」

と、完全に無関係な顔で笑っていた。

咲希は、小早川さんと同じ顔ができなかった。

陽菜の気持ちを考えると、ドッジボールチームの朝練が、他人事に思えなくなったからだ。

陽菜のことが気になるのは、好きだからだと思う。すごくいい子だと、分かっているからだと思う。

表面的には、咲希と陽菜は、それほど仲良くなさそうに見えるかもしれない。部活も違《ちが》うし、いつも一緒にいる友達も違う。外交的で明るい陽菜と、あまり自分の意見を言えない咲希とは、性格も違う。

だけど、咲希は、陽菜と心のどこかでつながっている気がしていた。

陽菜と急速に親しくなったきっかけは、中一の体育の創作ダンスだ。体育の先生が適当《てきとう》に分けた班で一緒になった。じゃんけんに負けた咲希が班長になり、次に負けた男子が副班長になった。

班員は男子四人、女子四人の計八人。それぞれの班に分かれて練習し、最後には皆で発表をするように言われた。

咲希の班は、最初からまとまりがなかった。

男子四人は、しゃべったこともない人たちで、その顔に、ダンスなんてやりたくないという気持ちがありありと表れていた。副班長になった男子も、とても嫌《いや》そうな顔をして、何もやりたくないふうだった。女子のうち、陽菜を除《のぞ》くふたりも、明らかにやる気がなさそうだった。

じゃんけんに負けて班長になった時、咲希は絶望した。全てを自分に押《お》しつけられる気がしたからだ。

最初の話し合いで、音楽を決めた。案《あん》の定《じょう》、誰も案を出してくれなかった。結局、陽菜が提案したK-POPの有名な曲に決まったが、その時は、陽菜が嫌々案を出してくれただけだろうと咲希は思った。

K-POPの曲には、決まった振《ふ》り付《つ》けはあるのだが、創作ダンスでは、ダンスを「創作」しなければならない。咲希にはそんなこと、とてもできない。

副班長になった男子に、

「振り付け、どうする？」

と、咲希が聞くと、

「市川さんが全部決めていいよ」

と、言われた。

「え……」

咲希は困ってしまった。「全部決めていいよ」というが、俺《おれ》はやりたくないから君が全部やって、という意味にしか思えない。

その時、陽菜ならダンスの振り付けができるかもしれないと、直感的に思ったのだが、班員のひとりでしかない陽菜に頼《たよ》っていいのか、分からなかった。

陽菜とは、それまでほとんど話したことがなかった。中一の校外学習でロボット博物館に行った時に、たまたま同じ班だったので、一緒に行動したが、その時もあまり話せなかった。

そもそも、陽菜と自分は、タイプが違う。陽菜がいつも一緒にいるのはバスケ部の友達だ。バスケ部員は、体育館での練習以外に外練もしているからか、みんなうっすら日に焼けていて、名前を呼び捨てにし合っている。スポーツの部活で鍛《きた》え上げた手足はまぶしく、彼女《かのじょ》たちの朗らかな笑い声に、咲希はなんだか気圧されてしまう。

その集団のど真ん中にいる陽菜が、名前通りの陽気な性格だということは、ロボット博物館の一日で分かっていた。あの日は、なぜか個性のばらばらな班員四人が打ち解け合い、ロボットの話で盛り上がり、楽しく話せたのだ。けれども、その後はほとんど話すことはなかった。

今回の創作ダンスのグループで、陽菜以外の女子ふたりは、初回の話し合いではほとんど意見を出してくれなかった。だから、陽菜が曲を考えてくれて、ほっとした。ダンスの振り付けのことも、相談していいだろうか。

次の体育の授業が近づくにつれて咲希はますます気が重くなってきた。

そんな咲希に救いの手を差し伸べてくれたのは、陽菜のほうだった。

前日に、

「明日のダンス、どうする？」

と、聞いてくれたのだ。

「分かんない。どうしよう」

咲希はそう言った。本当に、どうしたらいいのか、途方《とほう》に暮《く》れていた。

するとと陽菜が、

「じゃあ、一緒に考えよっか？」

と言ってくれた。

後から思えば、ほんのささいなひと言だった。だけどそのひと言に、咲希の心は救われた。ついい、涙がこぼれそうになって、慌《あわ》てて引っ込めたほどに。

「ありがとう、清水さん」

咲希が言うと、

「陽菜でいいよ」

と、言われた。そして、

「咲希ちゃんって呼んでいい？」

と、聞いてくれた。

咲希は頬《ほお》を赤くした。

「うん。いいよ」

うなずくと、陽菜は早速、

「じゃあ、咲希ちゃん。考えたんだけどさー。他の子たち、やる気ないから、うちらふたりでセンターやる?」

と提案した。

「え、センターって、真ん中だよね?」

咲希が確認すると、

「そうだよ」

事もなげに陽菜は言ったが、え、嘘《うそ》、私が、真ん中……? 咲希は戸惑った。でも、ここで自分が嫌がると、話が前に進まないと思った。それに、どう考えても、他にセンターポジションを引き受けてくれそうな子などいない。とにかく無事に終えたかった。陽菜が一緒にやってくれるなら、頑張るしかない。

「分かった」

どきどきしたが、心を決めて、咲希はうなずいた。

そこから、陽菜と咲希は一緒にインターネットに上がっている動画などから、創作ダンスのヒントになる情報を探した。家に帰ってからも、メッセージアプリで情報を共有し、意見を交換《こうかん》した。

その後、一度だけだが、陽菜を家に招いて、咲希の部屋で一緒にタブレット端末《たんまつ》で動画を見たこともある。中学校に上がってから、友達を家に招いたのは初めてだ。来てくれて、咲希はすごく嬉しかった。

そうやってふたりで見た動画は、全部かっこよく、難しそうに見えた。まずはプロの動きをスロー再生し、ゆっくりした動作に分けて、自分たちでもできそうな、シンプルな振り付けへとアレンジする。その試案《しあん》を陽菜が踊《おど》ってみせ、咲希が録画した。

じゃんけんで負けただけとはいえ、自分が班長なのに、陽菜にたくさん考えてもらい、咲希は申《もう》し訳《わけ》なく思った。だが、陽菜は全く気にしていないようだった。

そんな陽菜だが、困ったこともあった。

理想が高く、振り付けをどんどん高度にしてしまうところだ。あれもやりたい、これもやりたいと、難しい動きを盛り込んでしまう。そこに歯止めをかけるのが、咲希の役割になった。

振り付けだけでなく隊形《たいけい》移動も、陽菜は、どんどん複雑化《ふくざつか》してしまう。振り付けを覚えるだけでも手一杯なのに、場所の移動までこまめに強《し》いられたら、みんなの頭がパンクしてしまうだろう。

咲希は勇気を出して、これはちょっと……、と異《い》を唱《とな》えた。

陽菜は、自分の意見を否定されても、怒《おこ》ったりしなかった。やっぱ、無理かー、と残念そうな顔はするが、ちゃんと受け入れてくれる。集団でいると怖いけれど、一対一だと話しやすい子だった。

ようやく全ての振り付けが決まると、陽菜は、

「みんなにちゃんと覚えてもらおう」

と、言った。

「そうだね」

咲希はうなずいたものの、みんなに振り付けを教えることに不安があった。そもそもリーダーシップをとることが苦手なのだった。

案の定、考えてきた振り付けを咲希が見せても、皆、へらへらと薄《うす》ら笑いを浮《う》かべ、お

互《たが》いを見やったりしているだけで、ちゃんと真似《まね》をして動いてはくれなかった。女子ふたりもじもじしていて、踊ってくれない。

「あと二回しか練習できないから、頑張ろう」

咲希が呼びかけても、皆、あいまいな表情のまま。時間が無駄《むだ》に流れてゆく。

「そんなに長くないし、すぐ終わるから、これだけ覚えてくれれば……」

すると陽菜が、

「ちょっとさー！」

と、声を張った。

「この振り付けが嫌なら、自分たちで考えてよ！」

大きな声だったが、意地悪な感じではなく、からかうような口ぶりだったので、空気は悪くならなかった。

「ていうか、恥ずかしがってる人を見るとみんなが恥ずかしくなるから、むしろ開き直ってやっちゃってよ！」

にやにやしている男子たちにも、ぴしゃりと言ってくれた。

男子たちが、顔を見合わせた。

「発表の日は、もう、踊るしかないんだから、踊るんだよ」

陽菜に言われ、その言葉に、咲希も、そうか、と思った。

やるか、やらないか、の選択肢《せんたくし》はもうないのだ。体育の課題《かだい》なのだから。もう、やると
なったらやるしかないのだ。

「うん。みんなで開き直ろう！」

気づいたら、咲希は大きな声でそう言っていた。それは、自分に対する声かけでもあった。

咲希のその言葉は、やる気のない女子ふたりにも響いたようで、

「そうだね」

「やるしかないね」

と、彼女たちが言うのが聞こえて、胸が熱くなった。

「でも、無理なんだけど」

まだ言い訳している男子もいたが、

「無理でも、やるんだよ！」

陽菜にどやされた。

その日から、「開き直ろ」が、咲希たちの班の合い言葉になった。

皆で開き直れば、笑顔も出てくる。陽菜が、屈託《くったく》なく笑ってくれるので、皆も自然と笑顔になる。

女子四人は早い段階で、完全に開き直った。咲希も腹をくくり、センターポジションで堂々と踊った。皆が開き直って踊ってくれたら、ダンスは楽しいものになった。

男子は、といえば、さすがにすぐには開き直れないようだったが、少しずつ変化してきた。本当に踊れない男子一名を除いて、残り三人の男子もちゃんと踊ってくれるようになった。

本当に踊れない男子一名は、本当に踊れないようだったので、彼が前列に立つ時は全体をシンプルな動きにし、複雑な振り付けの時には彼には後列に行ってもらうなど、細かい工夫《くふう》をこらした。本当に踊れないその一名も、見よう見まねで一生懸命《いっしょうけんめい》に体を動かしてくれて、最高に開き直ってくれていた。

そして、当日の発表会。

咲希たちの班は、みんな、「開き直ろ」を合い言葉に、思う存分《ぞんぶん》踊った。

最初こそ、そのさまを見て笑う子や、ひやかしの声をあげる子もいたが、途中《とちゅう》からみんなの目が変わった。

真面目《まじめ》に開き直っていることが、伝わったのだ。

曲の盛り上がりに達すると、自然と手拍子《てびょうし》が湧《わ》きあがった。K-POPの有名な曲だったので、見ている子たちの中にも、歌ってくれる子や、体を動かして一緒にリズムを取ってくれる子が現れた。咲希たちは開き直って踊り切り、最後には盛大《せいだい》な拍手をもらえたのだ。

「さっちゃん、すごかった！」

「めっちゃ、かっこよかった！」

音楽部の友達が咲希を褒《ほ》めてくれた。

先生からも、

「うまくまとまっていたね。しっかり練習したんだね」

と言ってもらえた。

班長になった時、あんなに苦しく、しんどかったのが嘘のように、咲希はダンスが楽しくなっていて、このメンバーで踊るのが最後だというのを、残念に感じるほどに、幸せだった。それは全て、陽菜という新しい友達のおかげだった。

授業の後、咲希は陽菜に話しかけた。

「陽菜ちゃん、ダンスのこと、いろいろみんなに教えてくれたりして、ありがとう」

ちゃんとお礼を言っていなかった気がしたからだ。咲希が言うと、陽菜はきょとんとして、

「ええー。ぜんぜんだよ」

と言って笑った。

「陽菜ちゃんの、ダンスの教え方がうまかったから、みんなが、踊れるようになったんだと思う」

咲希が言うと、

「ええー」と陽菜は照れた目をし、それから「ダンス、教えるの、慣れてるからかもしれない」と言った。

「慣れてるの？　なんで？」

聞いてみると、

「うち、小さい子がふたりいるの。弟と妹。昔から、一緒に遊ぶ時、よくダンスしてたか

ら。テレビでやってるやつ」

と言った。

そんな会話がきっかけになって、創作ダンスの授業が終わってからも、陽菜と咲希はメッセージアプリでやりとりを続けた。

学校では、別の友達と仲良くしているが、メッセージアプリの中では、他愛《たわい》のないやりとりを、断続的に、ふたりはずっと続けていた。

ひとりっ子の咲希は、陽菜に弟と妹がいると聞いた時、うらやましいと思った。毎日、弟と妹の面倒《めんどう》を見ていると知った時も、賑《にぎ》やかで楽しそうだなと思った。

だけど、運動会にも学芸会にもお母さんが来てくれたことがないと聞いた時や、弟と妹のために朝ごはんと夕ごはんを作っていると聞いた時は、どう返せばいいか、分からなくなった。

陽菜は、そのことを自慢《じまん》したいわけでもなく、ただ、話の流れでさらっと書いてきただけだった。

――すごいね。

と、咲希は返信した。

そして、それきり、陽菜と咲希の間で、家族に関する話をやりとりしたことはなかった。

だが、ドッジボールの朝練に出られない陽菜が責められているのを見た時、心が苦しくなった。陽菜が、無責任な子のように思われることは、自分が責められているのと同じくらいに、つらかった。

創作ダンスの班長になってしまって困っていた時、

――じゃあ、一緒に考えよっか？

と、陽菜が言ってくれたのを思い出した。

きっと陽菜は、自分がどんなに咲希を救ったか、分かっていない。

でも咲希は、陽菜がくれたあのひと言に、温かい涙がにじんだことを、忘れていない。

だから、決めた。陽菜ちゃんのために、自分が長谷川くんに、朝練に来られないことを連帯責任にするルールはおかしいと、ちゃんと言おうと思った。

湊に声をかけるのは、咲希にとってはとても緊張することだったが、持てる限りの勇気を出した。

――長谷川くん、ちょっといい？

今も咲希は、あの時の心臓《しんぞう》のふるえを思い出す。こちらを見返した湊の、日に焼けた顔、不機嫌《ふきげん》そうな目。

それでも、勇気を出して、話してよかった。長谷川くんに、分かってもらえてよかった。

陽菜ちゃんが笑顔で球技大会を迎《むか》えられてよかった。

「それでは、今から、ドッジボールの試合を始めます」

審判《しんぱん》役の生徒が、皆に呼びかける。一列に並んだ選手たちが礼をし、その後はジャンプボールだ。審判がトスしたボールを、センターサークル内で叩《たた》いて自陣《じじん》に入れる。

咲希のクラスのジャンプボール代表は、長谷川湊だ。一年生にファンも多く、皆の視線が集まっている。

咲希は、

「がんばれ！」

と、声を発した。

「がんばれ、陽菜ちゃん、がんばれ！」

雲が白く光りながら流れてゆく。試合開始のホイッスルが空へと響いた。

清《し》水《みず》陽《ひ》菜《な》

両手で受け止めたボールを、敵陣《てきじん》に向かって、思い切り投げる。

誰《だれ》かを狙《ねら》うというよりは、数人の女子が固まっているあたりへ。とにかく当たれ、当たれ！　と、まっすぐに。

陽菜が思い切り投げたボールは風を切り、鋭《するど》く、女子たちの塊《かたまり》へ突《つ》き進んだ。

あ、取られた、と思った時、そのボールが空《くう》へ弾《はず》んだ。

勝った！

心が跳《は》ねた。だが、次の瞬間《しゅんかん》、少し離《はな》れたところにいた男子が走り寄り、弾《はじ》けたボールを受け止めてしまう……。

敵陣に広がる安堵《あんど》の息。

こちら側に広がった、落胆《らくたん》の声。

二年生の決勝戦。応援《おうえん》する生徒も多く、皆《みな》の目がコートの中に注がれていた。

陽菜たちの組の内野は、今や三人しかいない。一方、向こう側の内野は四人。元から外野にいた「もとがい」の人数を合わせてカウントしても、こちらがやや劣勢《れっせい》だ。

残り時間は五分足らず。

負けたくないと、陽菜は思った。

絶対に負けたくない！

体は疲《つか》れているはずなのに、頭は熱く、そして心いっぱいに勝利を欲《ほっ》していた。

チーム分けをした直後から、リーダーの湊《みなと》を中心に、ドッジボールチームの皆が球技大会に向けて燃えていたのを知っていた。一時は朝練も行われたほどだ。

しかし、朝練の案は途中で立ち消えになった。湊が陽菜の事情を気遣《きづか》ってくれたからだろう。

弟と妹がいるせいで、陽菜は早朝に家を出られないのだった。いつも、ふたりに朝ごはんを作ってあげて、戸締《とじ》まりをしてから出かけるからである。

直前の数日間、他のクラスは朝練をしていたという噂《うわさ》を聞いた。

自分が朝早く学校に来られないせいで、チームは昼休みの練習に変えたのだが、そのことを、陽菜は心ひそかに申《もう》し訳《わけ》なく思っていた。思っていたけれど、顔に出したり、言葉にしたりすることはなかった。弟や妹のこと、家族のことを、友達にぺらぺらと話したりはしたくない。それは、自分だけの事情だ。人に晒《さら》す気はなかった。

陽菜が家族のためにする家事は、朝ごはんを作ることだけではない。

帰宅したら、すぐに洗濯物《せんたくもの》を取り込《こ》む。それから夕ごはんの準備をする。足りない食材があれば、買い出しもする。

朝早くに、洗濯物を干すのはお母さんの仕事だ。陽菜は取り込むだけの係。畳《たた》むまではやってられない。取り込んだものは、そのまま床に置きっぱなしにしておき、各自そこから自分のものを引き上げていくシステムだ。

早朝からいくつかの仕事をかけもちして夜まで働くお母さんの帰宅は、八時を過ぎる。お母さんは、以前は信託《しんたく》銀行の社員食堂で調理をしていた。あの頃《ころ》はまだよかったなと思う。社員食堂から余《あま》った惣菜《そうざい》を持ち帰れる日が多かったからだ。今は家具工場の仕事がメインで、お給料は良いらしいけれど、食べ物はもらえない。夕ごはんも陽菜が作る。簡単でいいよ、とお母さんが言ってくれるけど、「簡単」とはいえ、ごはんを作るのはいつだって大変だ。部活のある日は、キュウリを一本洗うのだって面倒《めんどう》くさい。だが、スーパーで売っているお惣菜の値段は高く、安売りの日にまとめ買いしておいた食材を解凍《かいとう》するところから、始めなければならない。

やるべきことはたくさんある上、最近は、弟との関係もこじれている。そのため、陽菜は家にいると、いらいらすることが多いのだった。


しばらく前から、小六の弟が、スマホがほしいと言うようになった。友達は全員スマホを持っている、と主張《しゅちょう》するのだ。

そんなの嘘《うそ》だと陽菜は笑ったが、嘘じゃないと弟は言った。あんまり言うから、黙《だま》れ！と言って弟の太腿《ふともも》を軽く蹴《け》ったら、弟が大泣きして、帰ってきたお母さんに言いつけた。その日は、お母さんに叱《しか》られて、こいつがわがままを言うせいだと、陽菜も泣きながら釈《しゃく》明《めい》した。ここのところ、毎日のように、陽菜か弟が泣き、それを聞いて妹が両耳をふさいで布団にもぐっていた。

先週、弟が泣いたせいで、「事件」が起こった。

その日、疲れて帰ってきたお母さんに、弟がスマホ、スマホ、とうるさくねだったものだから、陽菜はお母さんがかわいそうになった。普段は堪《こら》えていたのだが、弟のわがままぶりに、どうしてもいらいらしてしまい、ついその額をぱちんと叩《たた》いた。

それほど力は入れなかったのに、弟は火がついたように泣いた。しばらく泣き続け、疲れ果てて寝《ね》た。

事件はその後に起こった。ピンポンとチャイムが鳴って、出たら警察の人がいたのだ。子どもの泣き声がすると通報があったと言われて、陽菜はびっくりし、とても怖《こわ》くなった。対応したのはお母さんだった。陽菜は、お母さんは悪くない、弟がスマホをほしがって大騒《おおさわ》ぎしたから自分と喧嘩《けんか》になったのだと、伝えたかったが、警察の人と話すのが怖くて、奥の部屋にこもっていた。

少しすると、陽菜は呼ばれて、警察の人と話した。陽菜は、すごく怖かったけれど、自分が弟を叩いたから弟が泣いたのだと話した。それを言ったら怒《おこ》られるかもしれないと思ったが、お母さんが弟を泣かせたと疑われるほうが嫌《いや》だった。

警察の人が帰っていくと、陽菜の目から涙がいっぱいあふれた。

「もう、絶対に、暴力《ぼうりょく》はやめてちょうだい」

疲れた顔のお母さんに言われて、悲しくて、悔《くや》しくて、弟が憎《にく》らしくて、あんなやつ死んでしまえばいいと、本気で思った。

だけど、翌日、公園で弟たちが遊んでいるのを見たら、ちょっとかわいそうになった。ベンチに座ってスマホで遊んでいる友達の後ろで、弟だけが立っていたからだ。弟の友達は、本当にみんな、スマホらしきものを持っていた。友達が並んで座って遊んでいるその後ろに、弟はひとりで立って、小さな画面を、みんなの頭越《ご》しに見ていた。

あいつ、あんな感じでずっと、何分も、何時間も、立っているんだろうか。

自分のスマホを貸してあげようかと弟に声をかけてくれる友達はいないんだろうか。

弟の姿を見ているとつらくなって、陽菜は自分の家に帰った。

後ろで見ている友達に気を配れない、あんな鈍感《どんかん》な子たちとなんか、仲良くしなければいいのに。

そもそも、スマホを持っていない子たちと仲良くすればいいのに。

そう思うと、悔しくて、いらいらして、

「ばーか」

と、呟《つぶや》いた。

弟もばかだし、弟の友達もばかだ。小学生なんて、みんな、ばかだと思った。


翌日、陽菜は、自分のスマホを弟に貸してやった。

弟は喜びのあまり飛び跳ねて、早速、小学校中で流行《はや》っているというゲームアプリ『スターワールド・ヒーローズⅢ』をダウンロードした。陽菜が許可したからだ。毎日、三十分だけならいいよ、と陽菜は言った。弟はガッツポーズした。友達とオンラインで遊ぶようになった。

最初はゲームできること自体に満足していたが、だんだんと弟は三十分じゃ足りない、とごね出した。三十分しかできないやつなんてひとりもいない。みんな一時間以上遊んでいる。夜遅《おそ》くまでやっている子もたくさんいる。

弟の話がどこまで本当なのかは分からなかったが、あんまりしつこく言ってくるので、陽菜は折れた。スマホを貸してやる時間を一時間に変えてやったのだ。

数日後、弟は、それでも足りないと言い出した。みんな、二時間くらい遊んでいると言うのだ。

からからの喉《のど》は、ゲームという水を、がぶ飲みしたいんだろう。

やってもやっても足りないと言う弟が、ふたたび憎らしくなった。


そんな一週間を送って、昨日はふりかけごはんとウインナーの夕食を、弟と妹と三人で食べた。

球技大会の前日である。この一週間、昼休みをつぶして練習してきたことを思った。

練習を重ねるうち、陽菜は自分にドッジボールの才能があるような気がしてきた。体育の時間にやった、他のクラスとの練習試合で、陽菜のクラスは圧勝した。

これ、優勝狙えるぞ。

湊だけでなく、チームのメンバーの皆が言い出し、熱くなってきた。明日の本番が、楽しみだ。

しかしその夜、弟はやってはいけないことをした。決めていたゲーム時間を超過《ちょうか》した後、トイレに閉じこもり、鍵《かぎ》をかけて、ゲームを続けたのだ。

陽菜がトイレのドアをどんどんと叩いても、弟はがんとして出てこなかった。ゲームの邪魔《じゃま》をされないためだ。

そのうち妹がトイレに行きたくなり、股《また》をおさえて泣き出した。陽菜もトイレに行きたくなって、困ってしまった。

「早く出てきて。いったん出てきて。お願い」

弟のむちゃくちゃなやり方を、もっと大声で怒鳴《どな》りつけたかったが、以前、警察が来たことを思い出し、ドア越しに声をおさえて懇願《こんがん》するしかなかった。

あいにく今日に限ってお母さんの帰りがいつもより遅かった。

陽菜と妹は、お風呂《ふろ》場をトイレの代わりに使い、その場をしのいだ。

弟がその後おそるおそるトイレから出てきた時、陽菜は我慢《がまん》できず、弟の頬《ほお》を強く打った。弟は泣きながら家から飛び出していった。

帰ってきたお母さんと陽菜で、弟をさがしにいき、団地の公園の横のベンチにいるのを見つけて、連れ帰った。

弟は、泣きじゃくっていた。お母さんに理由を問われると、お姉ちゃんが、お姉ちゃんが……と、最後まで陽菜のせいにした。陽菜は、弟に同情してスマホを貸したことを悔《く》やみ、もう絶対に貸さないと言ったが、弟はそれを聞くと、さらに泣いた。

公園から部屋までの帰り道、お母さんが、

「ごめんね」

と言った。

街灯の明かりの中、お母さんの顔は青白く、眼鏡の下にしわが増えたような気がした。

いつの間にか陽菜は、お母さんと、同じ背丈《せたけ》になっていた。

なぜだかすごく悲しい気分になった。

「なんでお母さんが謝るの」

そう聞くと、

「陽菜に、お母さんの代わりをさせちゃってるから」

と、お母さんは言った。

「そんなの、してないよ！」

とっさに陽菜は言った。

悪いのは弟なのだから、お母さんには謝ってもらいたくなかった。だけど、お母さんに謝られたせいか、だんだんとお母さんも悪いのかもしれないと思ってきて、どうして自分がそう思ってしまうのかが分からなくて、いらいらした。

弟は、そっぽを向いて、ずっとふてくされていた。

途中《とちゅう》から、三人のうち誰も、口をきかなくなっていた。

部屋に戻ると妹は風呂に入らないまま寝てしまっていた。

妹は、弟に比べて随分《ずいぶん》しっかりしているが、近づいてみると、寝顔に涙の筋がついていた。

家出をした弟は、すっかり疲れたようで、風呂を沸《わ》かして入った後、すぐに眠ってしまった。

「明日、球技大会なんだー」

久しぶりにお母さんとふたりきりの夜だった。

「そうなの。見に行けなくて、ごめんね」

水を飲んでから、お母さんが言った。今日、仕事から帰ってきてから、初めて座ったお

母さんの声は疲れていた。だけど、部屋の明かりの下で見ると、お母さんの顔は、さっきほど老《ふ》けていなかった。陽菜は安心し、

「いいよいいよ！　見に来る親なんて、ひとりもいないからさ！」

と、明るい声で言った。

「しっ」

お母さんは、すぐそばのふすまの向こうで寝ている子どもたちを気遣った。

「あ、ごめん」

陽菜は小さく舌《した》を出して、笑った。

明日の球技大会には、確かに親は来ないだろうけど、春の運動会には、多くの親が来ていた。陽菜のお母さんは来られなかった。仕事があるのだから、仕方がなかった。

「長谷川《はせがわ》くんもいるんでしょ？　優勝するんじゃない？」

お母さんが言った。同じ小学校出身の湊のことは、お母さんも知っていた。小学生の頃から、足が速く、スポーツ万能で有名だからだ。

「いや、どうだろ。別に、優勝までは狙ってないし」

陽菜はわざと、優勝なんてどうでもいいというふうな、雑な言い方をした。

いつからか、心から望んでいることを、素直《すなお》に口に出せなくなっていた。

「お母さん、もう寝なきゃ。明日も朝が早いから」

と、お母さんが言って、立ち上がった。

「先にお風呂に入っていいよ」

陽菜は言った。

お母さんにゆっくり休んでもらいたかった。


翌朝の今日、いつものように、弟と妹に朝ごはんを食べさせて、それから中学校へ向かった。

そして今、球技大会のドッジボール、決勝戦。

ボールを取った相手チームの男子が、利《き》き手ではない左手に持ち替《か》えて、大きく外野へとボールを投げるのを見送る。

「落ち着いていくよー！」

リーダーの湊が外野から声を張る。

湊は「もとがい」のひとりだ。すでに相手チームの子をふたり当てて外野に送り出している。

「ボールよく見るよー！」

陽菜も、内野ふたりに声をかける。残っているのは陽菜と合わせて女子三人。逃《に》げ足の速い子たちだ。逃げ足は速いが、ボールを取れるのは陽菜だけだ。彼女たちは、ただ逃げるだけで、キャッチはしない。それでも、うまく逃げてくれているので、ありがたい。

向こうの外野が、別の場所にいる外野の女子にパスをした。バスケ部のエース、しかも女子だから利き手で投げられる。さっきから向こうのチームのポイントゲッターだ。

まずいと思った時には、もう遅かった。

受け止めたボールの勢いのまま、彼女は陽菜のクラスの内野に向かって投げてきた。あまりの素早《すばや》さに、逃げ切れず、三人しかいないこっちの内野のひとりの脇腹《わきばら》に当たっている。

「あー」

と、広がる落胆の声。

「どんまーい！」

陽菜は大きな声で言い、弾かれたボールを外野の湊へパスする。

湊は自分のチームの内野にパスをすると見せかけて、いきなり相手チームに打ち込んだ。

相手チームの内野の男子が、ボールを受け止めきれず、取り落とした。

「わああ！」

大きな歓声《かんせい》が広がった。

しかし湊は無表情だ。まだ足りない。まだ勝てない。相手ボールからのスタートだから、全く油断はできない。内野の陣の真ん中で、陽菜も真剣《しんけん》にボールを追《お》う。

勝利を見据《みす》えた相手チームは、パスを繰《く》り返し、勝負に出ない。

「おい！　早く投げろよ！」

湊が大声で責め立てる。

パスの回数は決まっている。彼らは限界までパスをし続けて、最後にはバスケ部のエースの女子に渡った。同じ部活で一緒《いっしょ》に練習している仲間で、ライバルで、今は敵だ。彼女の強さは知っている。

来るぞ。

陽菜は身構えながら、もうひとりの内野の子に、

「隠《かく》れて」

と小さく言った。

彼女が陽菜の後ろに隠れる。

バスケ部エース女子の力強いボールが陽菜めがけて飛んでくる。両手と胸で、全身で、絶対に離さないとばかりにそのボールを受け止めた。

ずしんっと背骨に響《ひび》きそうな振動《しんどう》と共に、ボールは陽菜の手の中にあった。

やった、と心の中が熱くなる。

今度は相手チーム全員が、真剣な目で身構える。

「パス！　パス！」

真向かいの外野で、湊が大きく手を振《ふ》る。

湊に渡すか、他の子に渡すか、それとも自分で勝負するか。時間はもう、ほとんど残されていない。

陽菜は心に勝負を決めた。ボールを力強く握《にぎ》り、右肩を大きく張り、そして全身の力を込めてボールを投げる。

ボールは、相手チームの内野の男子の腿に当たり、地面に落ちた。

「わあぁ！」

大きな歓声が湧《わ》く。

同点だ！　追いついた！

「陽菜ちゃん！　がんばれ！」

遠くから応援の声がする。

一瞬《いっしゅん》ほっとしたけれど、次にボールを投げるのは相手チームだ。

「ここから！　ここから！」

湊が声を張る。

相手はふたりしかいない陽菜たち内野を取り囲むようにボールを回す。

「集中！　集中！」

皆に、そして自分に、陽菜は言う。

また、相手チームのバスケ部エースにボールが回った。来るぞ、と思い、もうひとりの内野の子に、隠れて、と声をかけようとした瞬間、速攻《そっこう》でボールが飛んできた。

取れる！

と思って、避《よ》けなかった。しかし、胸にどしんと当たったボールは、受け止めたはずなのに、なぜか陽菜の手からこぼれ落ちた。

あ、と思った瞬間、ボールは校庭の土に落ちた。

「わああ！」

相手チームの歓声が響いてきた。

ピーッ。

試合終了の笛が鳴った。

終わった。一拍《いっぱく》してから、陽菜は思った。

試合が、終わってしまった。

「ごめんね」

と後ろから声がした。ドッジボールでずっと一緒に内野にいた女子だった。彼女は最後までボールに一度も触《さわ》らなかった。すまなそうな顔をしている。

ぜんぜんいいよ。

そう言うべきなのに、言葉にできなかった。

自分が落としてしまったボールをこの子が取ってくれていれば、と責めるような気持ちが湧いてしまった。だけど、よく考えてみたら、最後まで逃げ切った彼女こそ、チームに最大の貢献《こうけん》をしていたのかもしれない。自分はボールを避けず、取って攻《せ》めようとしたがために、取り落として、失ったのだ。「ぜんぜんいいよ」どころか、謝るべきは自分だ。

そう思いながらも、陽菜は、

「うん」

としか返せなかった。

外野で湊がしゃがみこんで肩を落としているのが見えた。

自分がちゃんと朝練に参加して、しっかり練習していればよかったのかなと思った後で、朝練に出たって活躍《かつやく》できなかっただろう子が何人もいる、と、ネガティブなことを考えてしまう。

練習時間が朝から昼に変わってからは、陽菜は毎回ちゃんと参加していた。強い球の投げ方や、受け止め方も練習した。そのかいあって、内野ボールからふたりを当てて二点取った。しかし、最後に当てられて一点取られてしまったので、差し引きすると自分は一点しか獲得《かくとく》できなかったことになる。チャンスはもっとあったのに、活《い》かせなかった。

悔しくて、涙が出てきそうになる。

いっぱい練習したのに、と思う。そして、いっぱい練習したせいで、こんなにつらくなるなら、最初から頑張《がんば》らなければよかったとも思う。

「接戦だったじゃん……」

誰かが誰かを慰《なぐさ》めていた。

陽菜はその子たちのほうを見ることができなかった。

青空に、音楽が響く。

サッカーチーム、バレーチームの得点と合わせて、陽菜たちの組は総合点で準優勝を飾《かざ》った。四クラス中の二位である。

サッカーチームとバレーチームは、この結果が発表されると、笑顔を見せた。拍手《はくしゅ》をしている子もいた。

一方、ドッジボールチームの面々の顔は暗かった。

音楽部員が奏《かな》でる表彰式《ひょうしょうしき》の音楽を聴《き》きながら、クラスの代表として準優勝の賞状《しょうじょう》を受け取る湊の背中を見ている。

湊は始終うつむきがちで、笑顔を見せずに賞状を受け取った。そんな態度で表彰台にのぼったのは、湊だけだった。

大人気《おとなげ》ないなー、準優勝できたのに！

陽菜は思った。

湊には、ああいう、何というか、ひどく子どもっぽいところがあると陽菜は思った。朝練の連帯責任だって、今思えば、子どもっぽい提案だった。連帯責任とか、ありえなかった。

だけど、それだけ彼が必死で優勝を取りに行こうとしていたのが、今は分かる。

湊の次に、優勝チームの代表が、表彰台にのぼった。賞状を受け取ると、高く掲《かか》げた。

そのクラスの子たちの列から、大きな歓声が上がる。

いいじゃん！　自分たちだって準優勝なんだから！

陽菜は心の中で自分に言い聞かせた。


帰宅すると、珍《めずら》しく弟は家にいた。

「今日は外で遊ばなかったの？」

陽菜が言うと、弟は、「うん」と言った。

その殊勝《しゅしょう》な態度に、またスマホを借りたいのだろうかと陽菜はむかむかした。もう貸さないと決めたが、貸してやらないとまた大騒ぎをされて、面倒なことになるかもしれない。

しかし、あんなことがあった翌日に、貸してやりたくはない。ぎりぎりまで知らん顔をしていようと、陽菜は決めた。

すると、

「お姉ちゃん」

弟がこちらを見て、

「うちって貧乏《びんぼう》なの？」

と、聞いた。

予想外の質問に、陽菜は一瞬黙った。そんなことを聞かれるとは思っていなかったからだ。

陽菜は、一拍遅れてから、

「なんで？　普通だよ」

と、わざと明るく返事をした。それから、

「誰かに言われたの？」

と聞いた。

聞いてから、緊張《きんちょう》した。答えを知りたくない気がした。

台所以外に、部屋はふたつ。夜になれば、テレビのある部屋でお母さんが寝て、その隣《となり》の和室で子ども三人が寝る。狭《せま》いか広いかといったら、狭い方だと思うけれど、同じ団地の同じ間取りに同じ人数で暮らす友達は結構いるし、こんなものだろうと思っている。

ただ、一度だけ咲希《さき》の家に遊びに行った時、いいな、と思った。

それは、咲希の家が、二階建《にかいだ》ての一軒家《いっけんや》だということや、ピアノがあることや、その日は仕事が休みだというお母さんがケーキを作ってくれたことだけでなく、咲希に、自分の部屋があることだった。

「別に。言われてはいない」

と、弟が答えた。

「じゃあ、なんで、そう思ったの？」

陽菜はつい、怒っているような声になった。

弟は、

「分からない」

「家が狭いから？」

と、答えた。

「ちがう」

「自分のスマホがないから？」

陽菜はさらに聞いた。

「ちがう」

と、弟は否定した。

弟の頬はまるく、陽菜を見ないようにしている瞳《ひとみ》に、うっすらと水の膜《まく》がはっていた。

この話題が、自分たちを傷《きず》つけることを、弟も分かっているのだと陽菜は思った。

あんなに嫌いだと感じた弟のことが、急にいとおしく思えた。

「スマホ、貸してあげようか」

弾みでそう言っていた。

「え、いいの！」

弟の顔がぱっと明るくなったのを見て、ほっとすると同時に後悔《こうかい》した。

甘すぎたかな。

でも、弟の事情も、想像はついた。友達とチーム戦で遊んでいるから、ひとりだけ抜けたくなかったのだろう。ゲームの途中でも容赦《ようしゃ》なくスマホを取り上げる姉から逃げるため、トイレにこもった。

「約束は守ること。一時間だけだからね」

「やったー！」

弟の顔はすっかり青空だ。

「またトイレにこもったら、一生貸さないからね」

「分かってるって！」

もうじき、学童から妹が帰ってくる。夕食の支度をしなければと陽菜は思った。洗濯物は取り込んである。風呂の支度は弟の担当だ。

「何時から貸してくれる？」

と弟が聞く。ゲームをやりたくて、やりたくて、うずうずしているのだ。

「まずはお風呂の支度してきて」

陽菜は弟に言い、それから時計を見て、お母さんが帰ってくるまでにする家事の段取りを考えた。

お母さんのことを考えたら、お母さんに球技大会の結果を聞かれるかもしれないと思った。とたんに、最後の最後で負けてしまったことを思い出して、また悔しくなった。

お母さんに、どう伝えようか。準優勝って、軽く言おうか。別に優勝は狙ってなかったから、これで上出来だっていうふうに。でも、

「悔しかったな……」

我知らず、陽菜は呟いていた。

ちゃっちゃと風呂の準備を終えてきた弟が、

「えっ、何？」

と聞いた。

「今日、球技大会で、ぎり負けたんだよ」

弟にならら、軽く言えた。

「ふーん」

「ドッジボール。優勝できなかった！」

「悔しいの？」

「そりゃ、悔しいよ」

陽菜が言うと、弟が、

「ぎりぎりで負けると、大敗するより悔しいよな」

と、妙《みょう》に大人っぽい顔で言った。その、こましゃくれた口のきき方に、ゲームと重ね合わせているのだろうと、おかしくなった。だが、その文言は陽菜の心にすんなり沁《し》みて、そうか、とも思った。完敗だったら、こんな気持ちにはならなかっただろう。ぎりぎりで負けたから悔しいのだ。

ぎりぎりで負けたのは、ちゃんと、たくさん、練習したからだった。

「悔しい！」

心の底から、声がもれる。

ふてくされた態度の湊を思い出した。彼のあの態度は褒《ほ》められたものじゃなかったかもしれないが、気持ちはすごく分かると思った。そして、皆の前で、悔しさを前面に押し出せた湊の、子どもっぽいくらいに素直な心を、うらやましいとさえ思った。

「あー悔しい！　悔しいよおおお‼」

「そんなに悔しいの？」

弟が、ちょっと引いた感じで言う。

「悔しいよ！　昼練頑張ったんだから！　そりゃあ悔しいよぉ！」

叫《さけ》ぶように言う姉の姿にびっくりした弟が、

「しー！　しー！」

慌《あわ》てたように、くちびるの前に指を立てた。

「声、おっきいよ」

きょろきょろと首を動かして、慌てたように声を小さくする弟は、薄《うす》い壁《かべ》の向こう側を気にしている。

警察が来た日、案外、この子は狸寝入《たぬきねい》りをしていたのかもしれなかった。

「あのさ」

陽菜は弟の名前を呼んで、

「こないだ、あんたのこと、叩いてごめん」

と謝った。

「いいよ」

弟は簡単に許《ゆる》した。

その簡単さに、なんだか心が苦しくなった。

「ほんと、ごめん」

もう一度、言った。

絶対に謝るもんかと思っていたけれど、てのひらに、弟の頬を打った時の感触《かんしょく》が思い出され、あれはだめだった、と心から思った。

「いいよ」

弟は気にしていないふうに、短く答えた。

泣いているわけでもないのに水気の多い子どもの目は、あどけなく、姉に謝られればすぐ許してしまう。

この子にあんなことをしては、絶対にだめだった。

「中学生もドッジボールなんて、やるんだねー」

弟が言った。よく見ると、その頬はまだ少し腫《は》れている。

「痛かったでしょ?」

陽菜が聞くと、へ?　と弟は首をかしげ、まだその話かーというふうに小さく笑って、

「もう痛くないよ」

と言った。そして、

「……俺が悪かったし」

と、呟くような小さな声で言った。

弟も弟なりに色々考えているのだと陽菜は、伏《ふ》し目になると意外に長い彼のまつ毛を見つめた。そして、

「……中学生も、ドッジボール、やるよ。ていうか、球技大会のドッジボール面白《おもしろ》いよ」

と話題を変えた。

「遊びじゃなくて、大会だから。ちゃんとしたやつだから。ドッジボールか、バレーボールか、サッカーの三種類から選べるけど、ドッジボールが一番面白い」

「俺《おれ》はサッカーかな」

「いや、ドッジボールチームにしときな。意外に燃えるよ」

「……ま、考えときます」

どこで覚えたのやら、大人びた言い回しをする小六に、陽菜はちょっと笑った。そして、

「あのさ、中学のこととかで、聞きたいことある？」

と、言った。

たまには優《やさ》しくしてあげたくなった。姉として。先輩《せんぱい》として。

「何かあれば、教えるけど？」

「いえ、大丈夫《だいじょうぶ》です。それより、スマホ」

もう待てないというふうに、弟は言った。最後、とってつけたように、

「……を貸してください」

とつけた弟のいくらかきまりわるげに照れた目を見て、陽菜は観念《かんねん》し、ちょっと笑って、

「一時間だけだからね」

と言った。

「神様！　仏様！　お姉様！　ありがたやー！」

「調子いいなあ、もう」

ふいに陽菜は、以前お母さんに言われたことを思い出した。

——あなたが、弟か妹がほしいって。できれば両方ほしいって。何度も言ったのよ。

そんなことを言うわけがないとお母さんの言葉を否定し続けてきた陽菜だったが、もしかしたら、言ったのかもしれない。少なくとも今は、弟と妹がいるのも悪くないと思って

いる。

中学三年

私たちが出会う新しい私たち

清水《しみず》陽菜《ひな》

中学三年生の清水陽菜は、秋口に入った今、学年のムードが、ぴりぴりと尖《とが》り始めたのを感じている。

中二の頃《ころ》の教室は、こんな感じではなかった。周りの子たちは、部活やゲームやアイドルの話をよくしていたし、いつもあちこちで笑い声が聞こえていた。放課後《ほうかご》も家に帰らずだらだらおしゃべりをしたり、先生の目を盗《ぬす》んでスマホで動画を見たり撮《と》ったり、次の休みに何をするかを相談したり。

中三になって、その雰囲気《ふんいき》が、少しずつ変わってきたのを感じている。

半分以上の部活が、中二で引退ということもあるし、何人かの先生が、授業中に高校入試の話をするようになったからかもしれない。

それでも、一学期のうちは、まだ夏の大会に向けてスポーツを頑張《がんば》っている子もいたし、休み時間にふざけている子もいた。陽菜が仲良くしているバスケ部の友達のユイは、相変わらずお姉ちゃんと推《お》しのライブを見に行っていたし、クラスの男子の中にも、ゲームの話で盛り上がっている子は何人もいた。

しかし、夏休みが明けた今、状況《じょうきょう》は大きく変わった。

まず、部活動が全て終わってしまった。夏の大会に向けて頑張っていた少数の部活ガチ勢《ぜい》が、完全に引退してしまった。もう、放課後に練習に行く子はひとりもいなくなった。

休み時間の教室のあちこちから、塾《じゅく》だの、模試《もし》だの、学校見学だの、そんな話ばかり聞こえてくるようになった。

推し活の話も、ゲームの話も、来週の遊びの約束も、中三の教室から聞こえてこなくなった。

「みんな、やっぱり高校に行くんだ……」

今更《いまさら》ながら、そんなふうに思った。

陽菜はそれまでお母さんと、進路について真面目《まじめ》に話したことがなかった。だが、中二の終わりにお母さんに、

「私も高校受験するのかな」

と聞いたら、

「当たり前でしょう」

と、言われたのを覚えている。

そう言われた時、ほっとしたことも覚えている。

正直、自分の家にどれほどお金があるのか、陽菜は分からなくて、いつもうっすら不安があった。

ものごころついた時にはもう、親はお母さんひとりだった。お母さんが、他の子のお母さんたちよりたくさん働かなくてはならないことも自然と分かっていった。陽菜には、下に弟と妹がいる。同じ団地に住んでいる友達はたくさんいるし、お父さんがいない子も、お母さんがいない子も、少ないけれど、いることはいるから、自分の家だけがものすごく特別だとか貧乏《びんぼう》だとか、そこまで思ったことはない。

だけど、お母さんは、自分の服も持ち物も、ほぼすべてをフリマアプリで買っている。妹はいつも陽菜の服のおさがりを着ているし、弟も同じ服を穴があくまで着ている。電気代が値上がりしたから家の冷房《れいぼう》をできるだけ使わないために、夏休みの間、日中はなるべく外出しているように、お母さんから言われた。妹は学童保育に行き、弟は児童館に行っていた。陽菜は図書館の中にあるコミュニティスペースで友達と遊んだり、団地の友達の家に上がらせてもらったりしていた。

動画アプリの検索《けんさく》ワードに「貧乏な子供」とか「シングルマザー」とか、気になる文言を入れて、関連動画をひとしきり見て回ったこともあった。

そうやって調べると、世の中には、食べるものがないとか、電気が止められるとか、そんな目にあっている子どももたくさんいるのが分かり、胸を痛めながらも、うちはそこまでではないと、陽菜はどこか安心した。だけど、どのくらいのお金を自分に使ってもらえるのかは、分からなかった。だから、高校に行くという、お金のかかりそうな未来について、お母さんにはっきりと聞く勇気《ゆうき》がなかった。「私も高校受験するのかな」と、他人事みたいに言ってみるのがせいぜいだった。

そんなわけで、

「当たり前でしょう」

と、お母さんが言ってくれた時は、ほっとしたし、嬉《うれ》しかった。しかし、それですぐに勉強を頑張ろう！　という気にはなれなかった。

陽菜はもともと勉強が嫌《きら》いで、成績《せいせき》も良くない。授業の内容で分からないところもたくさんある。

一方、仲良くしているバスケ部の子たちは、みんな、実は成績が良い。学年トップレベルの子もいる。例の推し活を頑張っているユイも、平均くらいの成績を取っているようだ。

そして、その子たちはみんな、高校受験をする。

陽菜も、彼女《かのじょ》たちと同じ波《なみ》に乗りたい。みんなと一緒《いっしょ》に高校生になりたい。

それでいて、この先に待ち受けている高校受験と、そのための勉強について考えると、心が重たく苦しくなってくる。

暗い気分になりたくないので、普段はそのことをあまり考えないようにしている。

そんなある日、陽菜はユイから、同級生の長谷川湊《はせがわみなと》にまつわる噂《うわさ》を聞いた。

「長谷川くん、スポーツ推薦《すいせん》取ったみたいだよ」

と、ユイは言った。

「スポーツ推薦⁉︎」

陽菜が声をあげると、

「しっ」

と、ユイはくちびるの前に指を立てた。そして、

「長谷川くんはサッカー部のキャプテンだし、体育委員会の委員長もやっていたから、内《ない》申点《しんてん》が高くていいよねー」

と、まるで誰《だれ》かの悪口でも言うように、小さな声で言った。

「……え、それってもう、行く高校が決まったってこと？」

おそるおそる陽菜が聞くと、ユイは、

「そーゆーこと。すごいよねえ〜」

と、うらやましがるように言った。

少し前まで、小遣《こづか》いを貯めては推しのライブに行っていたユイも、夏休みのなかば頃、メッセージアプリのプロフィール欄《らん》で「受験が終わるまで推し活停止‼」と表明していた。

その決意を見た時、陽菜の心はざわついた。自分も何かを我慢《がまん》しなければいけないのかなと思ったからだ。

だけど、特に何か決意表明をすることもなく、今日まで過ごしている。

そしてまた、友達の噂話を聞いて、心がざわついてしまうのだ。

湊とは、たまたま三年間同じクラスだった。

中一の時は校外学習で同じ班《はん》でロボット博物館に行き、ロボットやアンドロイドの『不気味の谷』について語り合った。

中二では球技大会のドッジボールで準優勝し、嬉《うれ》し涙と悔《くや》し涙を分かち合った。

その湊がどんどん先に行ってしまう……。

話を聞いた日、陽菜は授業に集中できなかった。

ユイが、「しっ」と言ったのが気になった。誰かが推薦を取った話って、内緒《ないしょ》話みたいに、ひそひそと話さなければならないことなのか。休み時間に、湊はいつもと変わらずサッカーをやりに校庭に出ているが、高校の推薦を取ったことは、一緒に遊んでいる仲間たちにも秘密にしているのだろうか。そんなふうにして、みんな、周りに言わずにこそこそと進路を決めているのだろうか。

この教室の中に、あと何人くらい、行く高校が決まっている子がいるのだろう。考えたら怖《こわ》くなる。頼みのユイも、「受験が終わるまで推し活停止!!」と言っているくらいだ。お姉ちゃんがいるから、いろいろ情報が入ってくるのかもしれない。陽菜に話さず、きっと着々と準備をしているのだ。

そんなことを考えたら、なんだか呼吸《こきゅう》が苦しくなる。

これまでみんな同じ教室で、同じ授業を受けて、同じ行事や同じ活動をしてきたのに、突然《とつぜん》ばらばらに選択《せんたく》を迫《せま》られる。

カチカチカチ……と、頭の奥のほうで、タイマーの音がするようだ。知らないうちにスタートラインに並ばされ、知らないうちに期限を切られ、知らないうちに何か大きな決断をするよう強制《きょうせい》されている。文句のつけようもなく、ただ、時間は迫ってくる。

「あーもー、やだなー」

陽菜が呟《つぶや》くと、隣《となり》の男の子が「えっ」という顔でこちらを見た。

慌《あわ》てて、ごめん、というように首をすくめてみせると、男の子も何やら感じ取ったのか、小さくうなずいて、教科書に顔を戻した。

掃除《そうじ》の班は、市川咲希《いちかわさき》と一緒だ。咲希とたくさん話せる掃除の時間を、陽菜はひそかに気に入っている。

掃除の時間以外、陽菜と咲希が話すことはほとんどない。だから、周りの人たちは、陽菜と咲希の仲が良いことに、気づいていないだろう。

陽菜は普段、バスケ部の友達とつるんでいる。明るく元気で、リーダー役を買って出ることも多いバスケ部員たちに比べると、咲希はおとなしくて、人前に出るのが苦手なタイプに見える。それに、咲希には咲希の友達がいる。咲希の友達もまた、咲希に似ておとなしめだ。いつも教室の片隅《かたすみ》で集まって、小さな声で談笑している。お互《たが》いのグループの雰囲気は、まるで異《こと》なるのだ。

小学生の頃は、こんなふうにきっちりと分かれてはいなかった気がする。気の合う子もいたし、グループみたいなものもあるにはあったけれど、休み時間にもなればそうした垣根《かきね》を越《こ》えて、皆《みな》でわいわい遊んでいた。

中学生になってから、全体的に、同じ種類の子たちで身を寄せ合うようにして、グループが固定化してきた。誰からともなく、自然と、そうなった。そしてこれは女子だけでなく、男子についても、同じことが言えた。みんな、いつもだいたい、同じメンツといる。部活とか、趣味《しゅみ》とか、話のノリが合う人たち。自然と、話し方や外見が、似通ってくる。そうやって似通った子とつるむことは、楽だった。自分のありようを周囲に強調できる面もあった。

一方で、固定化されたグループにいると、陽菜は時々不思議な気分になった。確かに、バスケ部の先輩《せんぱい》や後輩の話、他校との試合の話など、共通の話題も多く、一緒にいると楽だ。

だけど、この子たちって、私のソウルメイトじゃないよなと、思っている。

『ソウルメイト』は、中一の頃、スマホのアプリに流れてきたショート動画で紹介《しょうかい》されていた言葉だ。たまたま見つけた動画によると、転生前に親友だった相手のことを、お互いにそう呼ぶそうだ。外国語の響《ひび》きがどこかミステリアスな感じもして、陽菜はこの言葉を気に入った。

陽菜は、転生前の自分を、もちろん覚えていない。以前の自分に、親友がいたかどうかも分からない。でも、もしもそういう「魂《たましい》の片割れ」のような存在がいたならば、きっとこの世界でもまた巡《めぐ》り合える……。

という話を、以前、バスケ部の友達にしてみたことがあった。だが、すぐに後悔《こうかい》した。

「転生⁉」

と、友達に大声を出されたからだ。

「陽菜ってば、ラノベとか読んでんの？　ウケるんだけど」

「読んでない、読んでない」

陽菜は笑って言った。

実際、ラノベを読んだことはないが、もし読んでいたとして、なんで「ウケる」んだろう。笑って否定した後で、陽菜はそう思ったが、黙《だま》っていた。

バスケ部の友達の中には、ラノベやゲームが好きな人を、「オタク」と決めつけて下に見る子がいる。

全員が全員というわけではなく、ごく一部なのだが、その子たちは自分たちをあたかも「一軍」のように見せたがり、やたら堂々とした態度で振《ふ》る舞《ま》う。つまり、同じグループであるバスケ部員たちの中にも、うっすらとした階層《レイヤー》があるのだ。そして、大きな声で人の言動を笑えるような子が、グループのムードを決定していた。

陽菜が告げた「転生」を即座《そくざ》に笑った子は、まさにそういうタイプだった。

その子は、たとえば長谷川湊のような、ゲームもやるしサッカーも得意、といった万能な生徒については何も言わないが、見た目が地味でゲームが好きな子のことは、あからさまに見くだしている。そうと分かるような笑い方をするから、友達だけど、少し怖い。

以前も、ゲームのやりすぎで学校に来られなくなった子のことを、はっきりと軽蔑《けいべつ》する発言をしていた。

そして、その子がそういうことを言うと、陽菜も含《ふく》めてグループのみんなは、なぜか、もとから同意見であったかのような顔をしてしまうのだった。


「今日から理科室だって！」

と、咲希に言われた。

掃除の班は学期ごとに固定されているが、場所は週ごとに変わる。

先週まで廊下《ろうか》だったので、咲希と並んでモップで往復《おうふく》しながら他愛《たわい》のないことを話していた。理科室は広いので、掃除は少し大変だが、咲希と話しながら掃除をするのは楽しかった。陽菜は咲希が好きだ。穏《おだ》やかで優《やさ》しい性格で、人の悪口を言わないから。

去年の球技大会の時、湊が暴走《ぼうそう》し、朝練参加を義務づけた時のことを思い出す。毎朝、弟と妹のために朝ごはんを作って、ふたりを小学校に送り出してから戸締《とじ》まりをして家を出ている陽菜にとって、早く学校に行くことはとても難しかった。しかし湊は、皆に、「朝練を義務にします!」と宣言した。そして、陽菜に、「清水がサボったら、皆の連帯《れんたい》責任になるからよろしく」と言った。

あの時、陽菜は、一方的に言ってくる湊に対して腹が立った。球技大会を休んでしまおうかとすら思った。そんな、やぶれかぶれの気持ちの奥には、自分の家族の事情を友達にうまく伝えられないもどかしさと、自分の家族の事情がたぶん一般的なものではないのだろうという諦《あきら》めがあった。

咲希が、陽菜の状況をくみとって、湊に練習時間の変更を訴《うった》えてくれたことを、陽菜は後になって知った。

あんなに厳《きび》しく、一方的だった湊が、昼の練習すら「無理しなくていいよ」と陽菜に言ってくれたのだ。

どうして急に方針《ほうしん》を変えたのかと尋《たず》ねたら、「市川さんに注意されたから……」と、湊は言った。

それを聞いた時、陽菜はすごく嬉しかった。

もし、そこで出てきた名前が別の子だったら、複雑な気持ちになったかもしれない。余計なお世話だと思ったかもしれない。

だけど、「注意」したのが咲希だと知って、陽菜は安心できたのだ。咲希が、人の事情に首を突《つ》っ込《こ》んで、面白《おもしろ》がったりするような子じゃないと、分かっていたから。本当に、自分のためを思って、湊に意見してくれたのだと思えたから。湊にその話をするために、勇気を振《ふ》り絞《しぼ》ってくれたんだろうなと想像できたから。

咲希は、湊に対して働きかけてくれたことを、陽菜にはひと言も言わなかった。ただ、ドッジボールチームの中での陽菜の活動を、一生懸命《いっしょうけんめい》に応援《おうえん》してくれた。

もしかして、咲希が私のソウルメイトなのかな、と陽菜はこっそり思った。

口に出したりはしない。そんなことを言ったら、さすがの咲希も引くだろうし、なんだか、あまりにも恥《は》ずかしいから。

何も言わないけれど、咲希の前では、陽菜はちょっとだけ背筋《せすじ》がのびる。この子には嫌われたくないと思う。いや、嫌われたくないというよりは、認められたいという思いに近いかもしれない。

だから陽菜は、咲希と同じ班になって、それまでよりも少し、掃除を頑張るようになった。

今日も、決められた箇所《かしょ》をきちきちっと掃除している咲希にならって、隣で棚《たな》をからぶきしながら、

「ねえ、咲希ちゃん。あのさ、この先の受験のこととか、考えてる?」

陽菜はさりげなく聞いてみた。

「うん。中野川《なかのがわ》高校を受けようと思ってる」

と、咲希は屈託《くったく》ない表情で、高校名を挙げた。

もう志望校が決まっているのかとびっくりし、

「なんでその学校に行きたいの」

と、陽菜は聞いた。

「中野川は、吹奏楽部《すいそうがく》があって、活動が活発なんだって。運動部がいろんな大会に出ているみたいだから、吹奏楽部に入って、応援したいんだ」

咲希は、すらすらと、志望《しぼう》理由を説明した。よどみないその口ぶりは、咲希が以前から進路についてちゃんと考えていることを感じさせた。

「え、そういうのって、どうやって考えるの？」

と、陽菜は咲希に聞いた。

聞いてから、はっとした。咲希が、きょとんとした顔で陽菜を見ていたからだ。

中三の秋にこんなしょーもないことを聞くなんて、と思われてる？

顔を赤らめた陽菜に、

「一学期の個人面談で、松原《まつばら》先生が中野川に吹奏楽部があるって教えてくれたんだよ」

と、咲希は真面目な表情で答えてくれた。

「えー、そんな話したんだー」

陽菜は言った。

一学期の個人面談で先生と何を話したのか、あまり覚えていなかった。「進学希望」と伝えたけれど、踏《ふ》み込んだ話はしなかった気がする。

「来週、個人面談があるじゃん？　その時に先生に話してみれば？　それに、今度、三者面談もあるって」

「あー、そっかー」

「なんかね、塾のチューターに相談したら、私立の確約を取ってから、中野川を受けたほうがいいって言われた。確約先も決めておいたほうがいいみたい。今度の面談では、そのことを先生に聞こうと思ってる」

咲希は親切にいろいろ教えてくれた。

「へえー。そうなんだー」

と、陽菜は答えながら、そういえば「確約」という言葉もバスケ部の子たちが言っていたなと、思った。なんとなく、他人事みたいに、聞き流していたのだ。

それにしても、咲希はいろいろと情報を集めて頑張っているのだなと、陽菜は感心した。

塾のチューターか……。みんな、そういう人に相談したりしてるのかな。

「あ、そうだ。陽菜ちゃんの弟さんと、二学期の委員会で一緒になったよ」

咲希が嬉しそうに言った。

「え、ほんと。あいつ、ちゃんとやってる？」

陽菜が言うと、

「すごくがんばってるよ。一年生なのに、ちゃんと手を挙げて、意見も言ってた。あんな弟がいて、うらやましいな」

と、咲希が言った。

「えええー、ぜんぜんうらやましくないよ！　むしろ最悪っ」

陽菜は大げさに顔をしかめたが、弟が委員会で手を挙げて意見を言ったと聞いて、こそばゆい気持ちになった。

そして、弟もいずれは塾に行きたがるだろうかと思った。

妹は、まだ小学三年生なのに、塾に行きたいと言っていた。仲の良い友達が中学受験の塾に行くことになったというのだ。当然、お母さんに却下《きゃっか》されていたが、妹はしばらく食い下がっていて、今も時々ふてくされる。

塾に行くにはお金がかかる。妹はまだそのことを、ちゃんと分かっていない。お金とひと言で言っても、妹が分かるような「お金」ではないのだ。おやつを我慢すれば済むほどの額ではないことが、小三には分からないのだ。

陽菜は塾に行ったことがない。

高校に行っていいと言ってくれたお母さんだから、高校受験の塾になら、行かせてくれるかもしれないが、やはり頼《たの》みにくい。三交代の工場勤務に加えて、休みの日もネットオークションで売れたものの配送作業を頑張っているお母さんは、いつも忙《いそが》しい。

私が頭が良ければ、遠慮《えんりょ》なく頼めるのになーと、そんなふうにも思ってしまう。

自分は勉強が好きではないので、塾の宿題がちゃんとできるかどうかも、自信がなかった。

塾に行きたいと言い出すこと自体、恥ずかしい気もした。

翌週の個人面談で、陽菜はさっそく松原先生に聞いてみた。

「あまり頑張らなくても入れる学校とかってありますか」

先生は、ちょっと苦笑してから、

「そうだなあ……」

と、手持ちの資料ファイルをめくり、陽菜の自宅から通える範囲《はんい》にある進学先の資料を広げた。

どうしてかは分からないのだけど、陽菜は昔から、自分がだめな生徒であることを周囲に対して強調しておきたくなるところがあった。やる気が湧《わ》かないとか、頑張りたくないとか、先生にもすぐにそういうことを言ってしまいがちだった。

そんな陽菜を励《はげ》ましてくれる先生もいれば、本気で叱《しか》ってくれる先生もいた。すぐに諦めてしまう先生もいた。

励ましてくれる先生に対して、陽菜は「無理」と答えた。頑張るのが無理なキャラと思われても、かまわなかった。早く諦めてほしいと思うくらいだったから、何度も励ましてくれたり、どこまでも構ってきてくれる先生は、むしろ警戒《けいかい》した。警戒しながらも、少しずつ心を開いていったタイミングで、クラス替《が》えがあり、担任の先生は交代したり、転勤で遠くへ行ってしまったりした。

本気で叱ってくれる先生に対しては、陽菜はへらへらとして見せた。そして、心を閉ざした。

すぐに諦めてしまう先生に対しては、かえってほっとした。本音を見せてくれている気がしたから。

先生たちに、この子はだめな子、頑張らない子、と思われても、いっこうにかまわなかった。先生は親ではないのだから。他人なのだし、仕事なのだから。頑張らない子に尽《つ》くしてくれるわけがない。それは当然だと陽菜は思っている。

ところが、松原先生は、頑張らない陽菜に対して、何の批判《ひはん》もせずに、ただ学校のパンフレットを広げてくれた。

公立高校、私立高校、工業高校、商業高校、専門学校……。ひと口に「進学」と言っても、様々な選択があることを教えてくれた。

「私が行くの、どこがいいですかねえ」

たくさんありすぎて、分からなかった。陽菜の質問に、

「それは、自分で決めなくちゃ」

と、松原先生は言った。

そりゃそうだと思いながらも、先生は、咲希には「中野川高校」と、ぴたりと教えてくれたのに、自分には何も言ってくれないんだなと思った。でもそれは、咲希には音楽をやりたいというはっきりした目標があるのに対して、自分はやりたいことが何もないからかもしれない。

「頑張らなくても入れるところを選ぶのが悪いこととは言わないけど、それよりも、今、自分が何をしたいかをよく考えながら、学校を選んだほうがいいと思うよ。今の自分をよく知ることで、どんな進学先で、どんな日々を過ごしていきたいかにつながっていくから」

と、松原先生は言った。

「はい、分かりました」

と答えたものの、全部自分で考えろと突き放《はな》された気がした。

面談を終えた日、陽菜はいつものようにいったん帰宅してから、夕ごはんの買い出しに、近所のスーパーマーケットへ出かけた。

週末に業務用の安い食料品店でお母さんがまとめ買いをしているから、おおよその食材はそろっているが、ちょうど卵を切らしていた。他にも、もし安い野菜があれば、買おうと思っていた。野菜の値段は高騰《こうとう》していた。トマトなんて、びっくりするほど高かった。結局、卵とバラ売りのネギを一本だけ買った。

スーパーマーケットからの帰り道で、陽菜はふと立ち止まった。知っている男の子がふたりいたからだ。どちらも私服姿で、こちらへ向かって歩いてくる。

一瞬《いっしゅん》、陽菜は気づいていないふりをして、通り過ぎようと思った。ふたりとも、それほど仲良くない子だったからだ。

だが、すれちがいざま片方が言った言葉が気になった。

「高校には行かない」

と、聞こえたのだ。

「へっ⁉」

陽菜は立ち止まった。

男の子ふたりも立ち止まり、陽菜を見た。

ひとりが「あ」と言い、ひとりが目をそらした。

「あ」と言ったのは、安藤悠真《あんどうゆうま》だ。中学一年の時の校外学習で同じ班だったが、その後、ほとんど話したことはない。ほとんど話したことはないのだけれど、実は悠真とは三年間クラスが同じだ。陽菜の学年は、四クラスあって、毎年クラス替えがあるから、三年間ずっと同じクラスという子は少なく、その貴重《きちょう》なひとりである。

一方、目をそらした男の子は、去年同じクラスだったがほとんど話さないまま別のクラスになった小林《こばやし》くんだ。遅刻《ちこく》をしたり、休んだりすることも多く、学校にあまり来なかった印象があるが、ゲームがすごくうまいと、誰かがＳＮＳで褒《ほ》めているのを聞いたことがあった。

「これから、塾」

聞かれてもいないのに、悠真が言った。

「ふうん」

と、陽菜は答えた。

何を言えばいいのか分からなかったが、たまたま耳に入ってきた「高校には行かない」という、小林くんの言葉が気になっていた。高校に行かないというのは、どういうことだろう。バスケ部の先輩で、高校ではなく専門学校に行った人がいるけれど、そういうことなのだろうか。それとも、学校には行かず、働くということか。

様々な疑問がいっきにふくらみ、小林くんに質問しようと思った時、

「清水さんは、買い物してきたの？」

と、先に悠真に問われた。

肩《かた》にさげた自分のエコバッグからネギが顔を出しているのに気づいた瞬間、陽菜の頰《ほお》はかっと熱くなり、

「は？　関係なくね？」

つい、突っかかるような言葉が出た。

悠真は驚《おどろ》いたように顔を赤らめ、

「ごめん」

と、素直《すなお》に謝った。

その表情を見て、陽菜は内心慌てた。悠真に何ら、悪気のないことは分かっていた。同級生が塾に勉強に行くというのに、自分は夕ごはんの食材の買い出しなんかをしているこ

とを、急に恥ずかしく思ったのだ。自分が勝手に恥ずかしく思って、一方的にきつい言い方をしてしまったことを、陽菜はちゃんと分かっていた。だけど、何か取り繕《つくろ》うことを言わなければと思っている間に、ふたりの男子はそそくさと、陽菜から離《はな》れて行ってしまい、気づいたらひとりになっていた。

あまりにもあっけなく去ってしまった中学生男子ふたりに、

——そういうとこだよ！

と、陽菜は言ってやりたくなった。

不登校気味の小林くんのことはよく知らないが、痩《や》せっぽっちで、髪《かみ》に寝《ね》ぐせのついているいることが多い悠真のことは、少しだけ知っていた。

バスケ部の強い子たちから、取るにたらぬ存在として扱《あつか》われている悠真。三年間ずっと同じ教室にいたけれど、彼《かれ》は目立たない存在で、人の輪《わ》の中心にいるのを見たことがない。だけど、陽菜はひそかに一目《いちもく》置いていた。悠真がもっとみんなの前で意見を言ったりすればいいのになと、歯がゆく思うこともあった。

その口ぶりや、たたずまいが、確かに一部の子の目には「オタク」っぽくうつるのだろうけれど、悠真は物知りで、話してみれば面白く、とても魅力《みりょく》的な少年だ。

一年生の校外学習で同じ班になった時に、悠真がロボットやアンドロイドについていろいろな話をしてくれたのを、陽菜は今も忘れていない。ほんの短い時間だったが、寄せ集めの班員三人が、悠真の話に夢中になった。

悠真は、陽菜が一年生の校外学習で同じ班だったことなど、とうに忘れているかもしれない。だが、あの時陽菜は初めて、人間って特別なんだな、人間って面白いな、と思った。そんなことを考えたことなど、それまで、一度もなかった。悠真から聞いた話のおかげで自分が少し、物を広く見ることができるようになれた気がした。でもそのことを、悠真に伝える機会はなかった。

あっという間に小さくなってしまった悠真の後ろ姿に、

——そういうとこだよ！　すぐ謝ったりしなくていいんだよ！

喉《のど》のすぐ奥のあたりまで、言葉がこみあげた。

——ていうか、ふたりは今、何を話してたの？　そっちの子、小林くんだよね？　中二で私と同じクラスだったの、覚えてる？　ねえ、今、高校には行かないって言ってたよね？

なんで？　どういうこと？　あのさ、正直私も、この先どうしたらいいか、分かんないんだよ。いろいろ迷《まよ》ってるんだ。だって、高校に行けるか分からないし、もし行けても、もっと勉強が難しくなるし、そうしたらついていけるのか分からないし、そもそも勉強が好きじゃない。だけど、働くのも不安だし、やりたいことも、夢もない。でも、何もしないとみんなから置いていかれる。何かしなきゃいけないことは分かってるけど、その何かが分からない。やりたい何かもない。そういうの考えだすと、最近止まらなくなる。ねえ、ふたりはこういう気持ちにならないの？　それとも、もういろいろ考えていて、何も怖くないの？

話そうよ。

そのひと言が、言えなかった。

安《あん》藤《どう》悠《ゆう》真《ま》

塾《じゅく》の入っているビルの前で友達と別れた安藤悠真は、ひとつため息をついてから階段をのぼり始めた。

友達？

小林卓耶《こばやしたくや》のことを今も友達と呼んでいいのか、悠真には分からなかった。

中学校で隣《となり》の組の小林卓耶とは、普段顔を合わせることもない。今日話したのだって、何年ぶりかというほど、久しぶりだった。家から塾までの道、たまたま児童公園を横切ったら小林卓耶がいて、一緒《いっしょ》に歩くことになったのだ。

たまたまというのは、今日だけ、塾に行くルートを変えたからである。いつもは商店街を抜けていくのだが、少し時間があったので、遠回りして、緑の中を歩こうと思った。

砂場に面したベンチでひとり、携帯《けいたい》ゲーム機で遊んでいる小林卓耶の姿を見つけた時、悠真はさっと目をそらした。同じ中学校に通っているのに、クラスが変わってから、ほとんど会わなくなった。彼は悠真にとって、数少ない幼馴染《おさななじ》みのひとりで、互《たが》いの家も母親の顔も知っているのだが、だからこそ、なんとなく気まずかった。目をそらし、速足で歩いた。

しかし、小林卓耶の近くを通り過ぎようとした時、

「ゆうちゃん」

と、昔の呼び方で声をかけられた。

そのため、

「あ!」

と、悠真は、まるでたった今、声をかけられて小林卓耶の存在《そんざい》に気づいたとでもいうような、小芝居《こしばい》をした。

「どっか行くの?」

小林卓耶はラフな調子で聞いてきた。ゲーム機をリュックにしまい、悠真のほうに歩いてくる。ちょうど、ゲームの区切りがついたタイミングだったのだろう。

悠真は、気づかないふりをしようとしたうしろめたさから、

「塾に行くけど、まだ時間はあるんだ」

と、聞かれてもいないことを言った。

「あ。俺《おれ》も、駅のほう」

と、朗《ほが》らかな口ぶりで、小林卓耶は悠真に並び、歩きだした。

悠真は、久しぶりの小林卓耶を前に、何を話せばいいのか分からなかった。すると、

「ゆうちゃん、どこの塾に行ってるの」

小林卓耶が聞いてきた。

「大日《だいにち》ゼミナール」

悠真が、通っている塾の名前を言うと、

「あー、大日かー。あそこ、中学部あるもんなー」

と、小林卓耶は言った。

「たっくんは今からどこかに行くの？　塾？」

ごく自然に悠真はそう言い、瞬間《しゅんかん》、鼻の奥がつんとなる感じがした。

自分が小林卓耶のことを「たっくん」と呼んでいた頃《ころ》の「感じ」が蘇《よみがえ》って、急に懐《なつ》か

しくなった。

幼稚園《ようちえん》のバスで隣どうしに並ばされ、小学校へも一緒に行くように言われたあの頃。互いの家に行き来させられたり、この児童公園で遊ばされたりした。

「並ばされ」「遊ばされ」……と、浮《う》かぶ表現がどれも受け身なのは、何ひとつ悠真が自分から望んだことではなかったからだ。

仲の良い母親どうしが、自分たちの子どもも同じように仲良くさせようとしていたのだ。

――たっくんと一緒に遊びなさい。

お母さんから、たびたびそう言われたのを覚えている。

おそらくは小林卓耶のお母さんも、

――ゆうちゃんと一緒に遊びなさい。

と、小林卓耶に言っていたのだろう。

「たっくん」「ゆうちゃん」も、互いの母親がつけた呼び名だ。今となっては、中学校の誰《だれ》も、ふたりのことをそんなふうには呼ばない。悠真は安藤とか安藤くんと呼ばれているし、小林卓耶もサッカー部の仲間からは「タクヤ」と呼び捨てにされている。「たっくん」と

「ゆうちゃん」は、母親たちによってこしらえられた「友達」なのだった。

とはいえ悠真は、小林卓耶のことを嫌《きら》いだったわけではない。むしろ、好きだったと思う。

小林卓耶は、幼稚園にいたわんぱくでやかましい子たちに比べると、おとなしくて優《やさ》しい、穏《おだ》やかな子だった。ただ、悠真は、誰かと一緒に遊ぶこと自体が得意でなかっただけだ。誰かと一緒に遊ぶと、自分の好きなことができなくなる。それで、何かを我慢《がまん》するくらいなら、ひとりでいたいと思った。

どうやら小林卓耶も同じタイプだったように思う。一緒に遊びなさいと言われても、悠真にしつこく話しかけてくることはなかった。砂場でもブランコでも、ふたりはいつも、そばにいながら別々のことをしていた。

そのうち小林卓耶と公園で遊ぶことはなくなった。小林卓耶が隣の駅にある国立《こくりつ》の小学校を受験するために塾に通い始めたからだ。

――悠真も、たっくんと一緒におべんきょうをして、電車に乗って小学校に行きたい？

お母さんにそう聞かれたのを今も覚えているのは、子ども心に、その質問が大きな意味を持つような気がしたからだろう。慌《あわ》ててブルブルと大きく首を振《ふ》った。

こうしてふたりが「遊ばされる」ことはなくなったが、季節がいくつか変わり、小林卓耶が結局、国立の小学校には行かず悠真と同じ小学校に通うことになると、今度は一緒に「登校させられる」ことになった。

小学校という新しい場所に通うにあたり、ひとりでも知っている子がいるのは心強いもので、その話を聞いた時、悠真はほっとした。

時間を決めて、マンションのエントランスで待ち合わせて、小学校に向かって歩いた。五分ほどの通学路、小林卓耶も悠真も特に話すことはなく、毎日無言で通学した。無言だったけど、自分の横に、自分と似た背格好《せかっこう》で、同じランドセルを背負《せお》っている誰かがいるというだけで、なんとなく安心できた。

いつから小林卓耶と一緒に小学校に通わなくなったのか、はっきりした時期は覚えていない。

小林卓耶がサッカーチームに入って朝練をし始めたからかもしれないし、もしかしたらその前からだったかもしれない。よく覚えていないが、気づいた頃には、マンション前での待ち合わせはなくなっていた。

気づいたら、悠真はひとりで小学校に行き、ひとりで家に帰るようになっていた。そのことについて、特に寂《さび》しいと思ったこともないし、逆《ぎゃく》にせいせいしたというようなこともない。好きな時間に好きなように行動するのが、悠真にとっては一番楽で、一番良いというだけだ。

そんなわけで、悠真は、小林卓耶が自分にとって特別な存在だと思ったことは一度もなかった。

だから、かつての「たっくん」という呼び名を取り戻した時、自分の心がキュッとなるみたいな懐かしさをおぼえたことに、少々戸惑《とまど》った。

たっくん。そうだ。小林卓耶は「たっくん」だった。

「グリーン舎《しゃ》に行く」

今からどこかに行くのかという悠真の質問に、たっくんはそう答えた。

「グリーン舎?」

聞いたことのない名前だった。

そういう名称の塾があるのかと思ったら、

「フリースクール」

と、たっくんは言った。

「あー」

悠真は、知っているふうにうなずいたが、詳《くわ》しくはなかった。テレビのニュースで見たことはあった。不登校の子の居場所《いばしょ》だと説明されていたと思う。

「それって、どこにあるの？」

悠真が聞くと、たっくんは最寄《もよ》り駅から数駅先の町名を言った。電車に乗って行くのか、と思った。

悠真が黙《だま》っていると、

「別に、今日、行かなくてもいいんだけど」

と、たっくんは言った。

「グリーン舎は、行く日も、時間も、決まってなくて、いつ行ってもいいから。でも、先生もいて、聞けばいろいろ教えてくれるし、係もある。部活とかも、少ないけど、ある」

聞いてもいないのに、たっくんはたくさん教えてくれた。

「へえ」

と、悠真は言った。そういう、学校みたいな居場所があるのは知らなかった。

「でも、今日は夜までやってるし、ゆうちゃんが駅のほうに行くなら行くわ」

たっくんの言葉に、

「うん」

と、悠真は短く言いながら、ちょっとだけ心がくすぐったいような気がした。自分が駅の方向に行くから、たっくんも一緒に駅に行こうとしているんだと思ったからだ。

悠真は、そんな自分の気持ちについては触《ふ》れず、

「なんか、自由なとこなんだね」

と、言った。

悠真の通う大日ゼミナールは、普通の塾なので、そのような自由はない。無断で休んだら、保護者《ほごしゃ》に連絡が行くだろう。当然、部活なども無い。

高校受験に向けて、三年生の教室は毎日、勉強、勉強、勉強、というムードである。先

生も生徒もひどく気が立っていて、いつもぴりぴりしている。宿題も増《ふ》えた。今週末には模試《もし》を受けなければならない。

「うん。かなり、自由」

たっくんは言った。

「部活、あるんだ」

悠真は言った。

「ある」

たっくんは答えた。

「どんな部活に入っているの」

と、聞くと、

「ゲーム部」

と、答えたので、またびっくりした。

「そんな部活があるの！」

「できて二年目だけどね」

「へえ」

「ゲーム部の中には、『エルデン』や『すたわ』はそれぞれの班《はん》のトークルームがあって、すごく細かく活動が分かれてるんだ。もちろん活動時間に制限《せいげん》はあるけど」

「今、ゲームとかやってて大丈夫《だいじょうぶ》なの？　受験勉強もしないと」

と、悠真が言うと、

「俺、高校には行かない」

たっくんがさらっと言い、へっ⁉　と悠真が驚《おどろ》いた時、

「へっ⁉」

と、近くから、まるで悠真の心を読んだかのような、大きな声がした。

すぐそばに、中学校で同じクラスの清水陽菜《しみずひな》がいた。

向こうから歩いてきていたのだろうか。話に夢中《むちゅう》で気づかなかった。

陽菜は、大きな秘密《ひみつ》を聞いてしまって気まずそうな顔をしていた。悠真も、たっくんが自分だけに話してくれたことを聞かれてしまったことに焦《あせ》り、

「これから、塾」

と、聞かれてもいないのに、話をそらすように言った。

「ふうん」

と、陽菜もまた、たまたま盗《ぬす》み聞きしたかのようになったことを取り繕《つくろ》うような半笑いの表情で答えた。

よく見ると、彼女はすでに制服から着替《きか》えており、肩《かた》からエコバッグをさげていた。その端《はし》からネギが覗《のぞ》いている。すぐ近くにスーパーマーケットがあることを思い出し、

「清水さんは、買い物してきたの？」

と、悠真は尋《たず》ねた。

すると突然《とつぜん》、陽菜の顔が強張《こわば》った。

「は？　関係なくね？」

陽菜に言われた。

その口調と表情の変化に悠真は驚き、何が悪かったのか分からないまま、

「ごめん」

と、慌てて謝った。

たっくんがすでに歩き出していたので、悠真も怒《おこ》った顔の陽菜から急いで離《はな》れた。早歩きのたっくんの後を追《お》い、

「今の人、僕《ぼく》と同じクラスの清水さん」

と、一応陽菜のことを伝えた。

「さっきの話だけど、俺、起立性調節障害《きりつせいちょうせつしょうがい》っていう病気で、中二から学校にあんまり行ってないから、高校に行けるのか分からないって話」

と、たっくんは、何事もなかったかのように、そしてまるで他人の話でもしているように、乾《かわ》いた口ぶりで言った。

陽菜に話を聞かれたことを、たっくんが全く気にしていないようなので、悠真はほっとした。だが、初めて聞く病気の名前には戸惑った。

「重い病気なの？」

と、慎重《しんちょう》に尋ねつつ、だけど別に普通に見えるなと心の中で悠真は思った。

「重くはないけど、『病気』だから」

「へえ」

「別名『怠《なま》け病』」

「え……」

本気なのか、自虐《じぎゃく》ギャグなのか、よく分からなくて返事に詰《つ》まる。

「でもそれは嘘《うそ》で、怠けてるように見えても、病気だから。病院にも行ってる」

「そっか……。大変だね」

「ま、そのおかげでグリーン舎に行けたから」

たっくんは、特に表情を動かさずに、そう言った。

グリーン舎という塾のような学校のような不思議な場所が、たっくんにとって心地《ここち》よいのは確かなようだと悠真は思った。そして、そのことにほっとした。

悠真が今日行く塾のビルが、通りの向こうに見えてきた。その先には駅の改札《かいさつ》もある。

たっくんともうすぐお別れだ。

昔は頻繁《ひんぱん》に「遊ばされていた」けれど、その後、たっくんとの距離《きょり》は離れ、顔を合わすこともなくなっていたなと思った。今日は、たまたま塾までのルートを変えて、児童公園を通ったのだった。このような偶然《ぐうぜん》が、次に起こるとしたら、いったいいつだろう。何年も先かもしれないし、もしかしたら、もう二度とそんな日は来ないかもしれない。

「高校、本当に行かなくていいの？」

悠真は思い切って聞いてみた。

たっくんは、小さくうなずく。

「親は行くように言うけど、全日制《ぜんにちせい》のところに入っても難しいと思う」

「そうかな？」

「俺みたいな夜型の人間に今の学校制度《せいど》は合ってない」

たっくんは、もう諦《あきら》めているかのような、さっぱりとした顔つきだった。

「たっくん頭いいのに……」

もったいない、という言葉を、悠真は飲み込《こ》んだ。だが、それが本心だった。小学生の頃、たっくんは計算テストでいつも一番だったし、朝読書でも特別に分厚《ぶあつ》く漢字の多そうな本を読んでいた。ちゃんと勉強すれば、難関《なんかん》と言われている花丘《はなおか》高校にだって、きっと受かるんじゃないかと思う。

「通信とグリーン舎で、大学受験の準備はするつもり。大学でやりたい勉強もあるし」

たっくんは言った。

塾の近くまで来たので、悠真はなんとなく歩みを遅《おそ》くした。たっくんも、悠真に合わせて、速度を落としてくれた。

「やりたい勉強って？」

悠真が尋ねると、

「経営」

と、たっくんは答えた。

「経営？」

意外な単語が出てきて、悠真はびっくりした。「経営」という言葉を知らないわけではないけれど、それは大人の言葉だというイメージだった。

「会社を経営したいってこと？」

「あー。ていうか、俺が、中学に入ってから毎朝、起きる時に、頭が痛くて体が重くて、どうしようもなくなって、わけが分かんなくなって。それで、だと思う」

と、たっくんは言った。

悠真は、たっくんの言う「それで」の意味が、うまくつかめなかった。病気の大変さが、やりたい勉強につながるのならば、たとえば薬の開発者とか医者とか、そっち系《けい》を志《こころざ》すのが普通だと思ったからだ。

「どうして、『それで』、経営を勉強したいの？」

悠真は聞いた。たっくんの考えていることをもっと知りたかった。

「あー、だから、俺、小学校までは普通だったのに、中学になったら急に遅刻《ちこく》とかするようになって、親はキレるし、お母さんはゲームやってるせいだって言ってたけど、ゲームをやめさせられても治らなかった。お父さんにも先生にも、怠け者みたいな扱《あつか》いされたけど、受けたい授業やロボット博物館の見学みたいな行きたい行事がある時も起き上がれなかったから、まじで、これは病気だって自分では前から分かっていて、そのことは検査でお医者さんにも分かってもらえて、親もネットでいろいろ勉強してくれて、今はもう分かってくれたから、いいんだけど。

グリーン舎に行ったら、同じような人も、結構いてさ、グリーン舎で知り合った高校生が言っていたんだけど、研究で、人間って脳が覚醒《かくせい》する時間には個人差があるって最近分かったらしい。俺たちみたいに、午後からが本番みたいな脳のタイプもあるんだって。だけど、今の日本の学校制度だと、朝型のやつらしか勝たないから。それって、夜型の子どもの、勉強したいことを勉強したい時間に勉強する権利を奪《うば》ってるって、俺、最近そう思うようになってきて、だったらもっとあちこちにグリーン舎みたいな学校ができて、みんなが普通に選べるようになれればいいのにって思った。

グリーン舎には、すごく遠くから通っている人もいて、みんなそういう場所が近くにないから困っているんだ。

……っていう話をしたら、将来、経営の勉強をしたらいいんじゃないかって、お父さんに言われた。グリーン舎みたいな学校を経営する側になるのも手だって、お父さんが」

「もう塾に着いた」

悠真はだし抜けに言った。

たっくんの話はすごく面白《おもしろ》くて、もっとずっと聞いていたい話だったのだけど、塾のビルの前に着いてしまったので、立ち止まる理由を説明するために、そう言ってしまった。

すると、それまで勢いよく話し続けていたたっくんが、口をつぐんだ。

授業開始時間まではまだ少し余裕《よゆう》があるので、悠真はできればこのままたっくんの話を聞いていたかったが、たっくんは、

「じゃ」

と言って、あっさり駅へと歩いて行ってしまった。

後ろ姿を見送りながら、「塾に着いた」とか、言わなければよかったと、悠真は少し後悔《こうかい》した。

ここが悠真の塾だとたっくんは知らないだろうから、そのことを伝えなければならないと思ったのだ。

しかし、せめて、たっくんの話が一段落するまで待つべきだったのかもしれない。

普段あまり気にしてはいないのだが、そういえば、自分のなんの気ないひと言で、人の表情がぱっと変わることは、これまでにも何度もあった。

さっきも清水陽菜が、急に怒ってしまった。

彼女をどうして怒らせてしまったのか、分からなかった。理由が分からないので、謝りようもない。

人づきあいが決して良いとは言えない悠真だが、陽菜のことは、意外に話しやすくて、面白い人だと知っていた。一年生の校外学習の時に、悠真にしては珍《めずら》しく、たくさん話せた相手で、わりと好ましく思う女子のひとりだった。

悠真は小さく首をひねった。

ひゅうっと木枯《こが》らしが吹《ふ》いて、あたりに大きな木はないのに、どこからか落ち葉がくるくると足元に舞《ま》ってきた。

たっくんから聞いたばかりの話が、一拍遅《いっぱくおく》れてじわじわと心に食い込んでくるようだった。

同じ中学に通っているというのに、そして、同じマンションに住む幼馴染みだというのに、たっくんがずっと学校を休んでいたことを、悠真は全く知らなかった。それは、悠真が学校では、数人の友達としか話さず、他の人たちの動向をあまり気にしていないからだ。

自分の世界がすごく狭《せま》いままだということを悠真は感じた。

先週、学校の個人面談で、進路について先生と話し合った時のことを思い出す。

学校の評定《ひょうてい》と模試の成績《せいせき》の紙を並べ、輪切《わぎ》りにされたランクの中の、適切《てきせつ》なポジションが、おのずと志望校になった。「このくらいのところなら大丈夫でしょう」「じゃあそこにしましょう」と、まるでカタログの中からほしい商品を決めるような感じのやりとりで、スムーズに導《みちび》き出される回答のようだった。

先生から提示された学校名を伝えると、お母さんは機嫌《きげん》が良くなった。自分も、まあ、そこでいいや、という感じだった。来週には、併願《へいがん》する予定の私立校も見に行くのだけれど、それもまた、「ここに落ちたらここにする」と、もとから誰かに順番をつけてもらっているみたいな学校だ。そこにどんな生徒がいるのかを、想像したことは一度もなかった。中学校でも、それは同じで、普段話す人以外にどんな人が何を考えているかを考えることはなかった。

野菜の入った袋《ふくろ》を肩からさげていた陽菜の不機嫌な表情や、グリーン舎みたいなところをたくさん作りたいと語ったたっくんの横顔が、頭の奥にちらついて、一歩一歩のぼってゆくこの先がどこなのか、一瞬《いっしゅん》、感覚がぼやけた。

もしかしたら自分には、見えていない世界が、見ようとしていない世界が、たくさんあるのかもしれない。そう思うとなんだか心が急《せ》きたてられるような、奇妙《きみょう》に焦《あせ》る感じがした。

しかし自動的に足は動き、聞き慣《な》れたポロポロンという音と同時にスライドドアが開いて、馴染みの塾のエントランスへと体は押《お》し出されていった。

受付のおばさん、壁《かべ》に貼《は》ってある合格実績《じっせき》の名簿《めいぼ》、本棚《ほんだな》に並んでいる過去問題集、教室前のラウンジで自習している制服姿の中学生たち。

塾の白い明かりは悠真の心の奥の軽い混乱を溶かし、日常へと戻してゆく。

いろいろと迷《まよ》いが浮かぶのは、受験勉強からの逃避《とうひ》かもしれないと、悠真は思い直した。今、一番にやるべきことは受験勉強だ。今日は英単語テストがある。授業前に少しさらっておきたい。

まだ少し、心のどこかがしくしく鳴っている気はしたが、小さく頭を振って、悠真は自分の教室の戸を開けた。

長谷川湊《はせがわみなと》

中学三年生になった湊は、最近、ため息をつくことが増《ふ》えた。

昨日も姉の渚《なぎさ》に、

「その『はあ』っていうのやめなよ！　気持ち悪いから」

と注意されたばかりだ。

渚に指摘《してき》されるまで、湊は自分が「はあ」と言っていることに気づかなかった。

「気持ち悪い」と言われて、湊は嫌《いや》な気持ちになった。悲しくもなった。

自分の部屋に行き、今度はちゃんと自覚して、「はあ」とため息をついた。

「……はあ。めんどくせーな」

時々誰《だれ》かが自分の行き先を全部ちゃんと決めてくれれば楽なのになと思う。こうしろ。これが一番いい道だ。誰かが決めてくれれば、こんなふうに迷《まよ》ったり、悩《なや》んだり、しないのに。

自分で決めないといけないから、こんなにもやもやするのだ。

「めんどくせーな」

もう一度、湊は呟《つぶや》いた。


それまで、湊の中に、ぼんやりとした志望高校はあった。スポーツコースのある私立花《はな》丘北学園《おかきたがくえん》高校、通称「北学園」だ。

去年、湊はサッカー部のナカニシと、北学園の文化祭に行った。催《もよお》しのひとつに、サッカー部の元部長が出る交流試合があり、その応援《おうえん》に行ったのだ。

北学園は強かった。十二対一という、サッカーのスコアとは思えないような大差で勝利した。圧勝すぎる勝ちっぷりだった。後半にもなると対戦校の選手たちの士気はみるみる下がり、ボールが来ても走らない人まで出る始末だった。

試合後、元部長のもとに挨拶《あいさつ》にいった湊は、

「十二対一とか。やばかったです！」

と、率直《そっちょく》に感想を告げた。

小学生の頃《ころ》から同じサッカーチームで練習をしていた二学年上の元部長は、汗《あせ》をふきながら、「普通科しかない学校には負けないよ」と、言った。

「あ、そっか。北学園はスポーツコースがありますもんね」

一緒《いっしょ》に行ったナカニシが、そう言った。

「そっかー。めっちゃ強いんだな」

湊は納得《なっとく》した。強い選手ばかりを集めているのだ。

「めっちゃ、でもないよ」

と、先輩《せんぱい》が言った。

「最近ずっと全国大会に行けてないんだよ。今年もだめだった」

周りを気にしたのか、少し小声になってそう言った。

「えっ。そうなんですか……」

「昔は優勝した年もあったけど、最近は、何年かに一度行けるか行けないかって感じで」

全国大会というのは、北学園のような、スポーツコースのあるスポーツ強豪《きょうごう》校でも数年に一度しか行けない世界なのだ。

「だから長谷川もナカニシも早く入ってきて、活躍《かつやく》してくれよ」

先輩に言われた時は嬉《うれ》しくて、「はい!」と、湊は返事をした。

その時から、自分も先輩と同じ高校のスポーツコースに行くのかなと湊はぼんやり思っていた。北学園にスポーツ推薦《すいせん》があるというのは、その日の帰りにナカニシから聞いた。

それまで湊は、自分がどの高校に行きたいか、考えたことがなかった。

自宅から通えるいくつかの高校については知っている。学区一ハイレベルと言われている公立の花丘《はなおか》高校、あとはサッカー部の先輩も何人か行っている私立ルピナス学院《がくいん》。この二校は比較的近く、自転車で通える学校だ。さらに電車やバスに乗れば、隣町《となりまち》にある公立の中野川《なかのがわ》高校や、城王《じょうおう》大学附属《ふぞく》高校にも通える。でも、どの学校がどのくらい難しいのか、入るためにどんな試験があるのかまでは知らない。

中三になる直前の春休みに、湊は両親と軽く話し合いをした。先のことをどのくらい考えているのかと父親に聞かれ、湊は「北学園に行きたいと思っている」と言った。何も考えていないと思われるのが嫌で、とっさに出した学校名だった。

父親は北学園のことをあまり知らないようだったが、大学進学実績《じっせき》なども調べてくれた。

有名大学へのスポーツ推薦枠《わく》も豊富だし、良いのではないかと言ってくれた。

母親も、やりたいことがあるのはとても良いことだ、と褒《ほ》めてくれた。

この数年間、姉の渚の不登校問題で、両親の頭がいっぱいになっているのは分かっていた。湊を除《のぞ》いた家族三人は、たびたび深刻《しんこく》そうな顔で話し合いをしていた。湊が居間の扉《とびら》を開けると、三人がはっとしたように顔を上げる。母親は作り笑顔で迎《むか》えてくれ、父親が席を立ち、渚がふうっと息をついて横を向く。そんなことが何度もあった。

父親と母親は、実はあまり自分に関心がないのではないかと、湊はうっすら感じていた。

去年、渚のことで心労《しんろう》がたたり、母親は胃炎《いえん》を悪くして入院してしまった。その間、おばあちゃんが来て面倒《めんどう》を見てくれたけれど、復帰した後も、母親がまた体を悪くするのではないかと、湊は不安でしょうがない。それでつい、家族の中では道化《どうけ》役を演じてしまう。

サッカーが好きで、学校でもキャプテンや委員長をつとめる人気者。いつも明るく能天気な弟。そういう自分でい続けようと、心のどこかで思っている。

だけど、「明るく能天気な湊」は、親とも先生とも友達とも、自分の内面を深く話したりすることのないまま中三になり、今、自分が開くべき扉が分からない。

北学園に行ってサッカーをやりたいのかと自問すればするほどに、心が迷子《まいご》になってくる。

北学園は、サッカー部の先輩もいるし、家からそれほど遠くない。ナカニシから聞いた話だと、授業料全額免除《めんじょ》の「特待《とくたい》スポーツ推薦」は狭《せま》き門らしいけれど、一部免除の「スポーツ推薦」ならば、わりと取得《しゅとく》しやすいらしい。加えてスポーツコースには自己推薦入試というのもあり、それは一般入試より早い時期に行われる。担任の先生と、顧問《こもん》の先生の推薦文にプラスして、自分でもサッカーへの熱意を作文に書く。元部長の先輩も、その方式で合格したらしいと、情報通のナカニシが教えてくれた。

担任の先生も、顧問の先生も、頼《たの》めば推薦文を書いてくれるだろう。中学校の評定《ひょうてい》も、出願《しゅつがん》条件に達している。だから、自分は北学園でいいんだと、湊は思う。北学園「が」いいのではなく、北学園「で」いいのだ、と。

しかし、どうして「が」ではなく、「で」なんだろう。

目の前にぴかぴかの扉が用意されているというのに、その先にあるのが自分の望むものなのか、確証《かくしょう》を持てないでいる。

扉がぴかぴかに光っていればこそ、開けるための心の準備ができていない自分が嫌になるのだった。

数か月前、湊は部活の練習中に足を怪我《けが》した。練習試合の最中に、友達のスパイクに足を踏《ふ》まれたのだ。

とんでもなく痛かった。皆《みな》の前では必死に我慢《がまん》したが、ひとりだったら声を出して泣いていたかもしれない。それほどの痛みだった。

保健室で応急処置《しょち》をしてもらってから、顧問の先生に付き添《そ》われて近所の病院に行き、レントゲンを撮《と》った。

骨折をしていなかったことに、先生はほっとしたようだった。しかし、切り傷《きず》も深く、肉離《にくばな》れもしており、全治二週間、しばらくは安静にするよう言われた。体育の授業はもとより、部活にも出られない。

怪我をさせた友達は、青ざめた顔で湊に謝った。彼の親も湊の親に謝罪の電話をかけてきた。

「お互《たが》い様ですから」

と、電話越《ご》しに母親が応じているのを聞いて、それはそうだと湊も思った。

「よかったね、手じゃなくて。勉強、できるじゃん」

渚にはそう慰《なぐさ》められた。

サッカー部の顧問の先生からは、

「焦《あせ》らないことが大事だ」

と、言われた。

「良くないのは、ここで焦って中途半端《ちゅうとはんぱ》に足を動かして、治りを悪くすることだ。上半身のトレーニングだけやっておけ」

湊は、通常の練習には加われないものの、部活には全日参加し、皆の練習を見学した。話し合いに参加し、アドバイスもした。腹筋《ふっきん》や腕《うで》を鍛《きた》えるトレーニングをした。湊にとって、そうすることは、キャプテンとして当たり前のことだった。

そんなある日の帰り道、

「湊なら、スポ推《すい》、取れるよ」

サッカー部のナカニシに言われた。

唐突《とうとつ》にそんなことを言われ、湊はきょとんとした。

「スポ推？」

尋《たず》ねると、

「狙《ねら》ってんだろ？　北学園のスポ推。だから練習に出てるんだろ？」

と、ナカニシは言った。

「は？」

湊は眉《まゆ》をひそめた。

「湊なら絶対大丈夫《だいじょうぶ》だよ！　だから、怪我してる時くらい、ちゃんと休んでいいと思うよ」

ナカニシは全く悪気のない顔つきだった。湊の足を思いやりながら、ゆっくり歩いてくれるナカニシだ。優《やさ》しい気持ちで言ってくれたのは分かった。

だが、湊は不愉快《ふゆかい》な気分になった。

「推薦を取るために練習に出てるわけないだろ！」

そう言うと、ナカニシは一瞬《いっしゅん》ポカンとした顔になり、それから「ごめん」と謝った。

一週間後、湊は病院に行き、怪我した部分を覆《おお》っていた包帯《ほうたい》を、絆創膏《ばんそうこう》に換《か》えてもらった。病院の先生も驚《おどろ》く回復の速さだった。あと数日たてば、軽めの練習から復帰できるという。

だが、もとの生活に戻れると分かった時、湊の心はざわついた。

それは小さなさざ波のようなものだったが、震度《しんど》の弱い揺《ゆ》れのように、胃のあたりを鈍《にぶ》くふるわせ続けた。

ナカニシからスポーツ推薦の話をされたのも、きっかけのひとつだった。先生、親、先輩、友達。自分を取り巻く皆が見ている自分の像と、自分だけが知っている心が迷子の自分。

湊は、自分が、怪我で休んでいる間にボールに触《さわ》りたいとあまり思わなかったことを知っていた。

むしろ、自分の怪我のせいでチームの士気をそがないようにしたいという気持ちのほうが強かった。

サッカーが好きだからというよりは、チームの練習メニューや仲間のコンディションを見守るために、部活を休まなかったのだ。

去年の球技大会の時にも感じたが、自分は、選手としてプレイするより、練習内容を考えたり、皆をまとめたり、声かけをしたりするほうが、やりがいを感じるらしい。

ていうか、俺《おれ》、いつまでサッカーをやるんだろ。

それは普段、あまり考えないようにしていたことでもあった。

小学校でも中学校でも、湊はいつも、学年で一番うまかった。足も速いし、ボールさばきも器用《きよう》で、チームのエースとして活躍《かつやく》してきた。だけど、町一番ってほどでもないことは、随分《ずいぶん》前から分かっていた。

隣の中学には、一学年下に、海外のサッカーチームのジュニアユースの短期留学に招聘《しょうへい》された子がいる。何度か試合で会ったけれど、やはり群《ぐん》を抜いてうまくって、湊は「すごいな」と感心した。もし、本気でサッカーをやりたかったなら、「すごいな」の前に、「悔《くや》しい」が来たかもしれないのに。

自分は、プロになれるほどでもないことは、なんとなく感じている。もしかして、死ぬ気で頑張《がんば》れば、かすかに道はひらけてくるかもしれないが、その「死ぬ気」がどのくらいなのか分からない。これまで一度も死ぬ気になったことなんかないし、そこまでサッカーをやりたいと思っているかと問われれば、分からなくなる。

「死ぬ気」の「気」とは、結局、心のことだろう。道を決めるのは、心だ。人からの勧《すす》めでも評価《ひょうか》でもなく、自分がサッカーを、どのくらい好きで、どのくらいやりたいのかという心。

北学園に行った先輩は、確かにサッカーがめちゃくちゃうまかった。一緒に練習をしていた時、湊は頑張って追《お》いつこうとし、コンディションの良い時なら、傍目《はため》にそれほど差がないくらいのプレイができていたけれど、結局「気」では到底《とうてい》追いつけないことは分かっていた。あの人は、放課後《ほうかご》はいつも真っ先に飛び出して、一秒を惜《お》しむようにボールに触《ふ》れていた。雨の日も、体育館の隣の屋根の下で、いつまでもリフティングをしていた。

自分は、先輩ほどサッカーが好きではないんだろう。そして、あれほどうまくてサッカーが大好きな先輩ですら、全国大会には行けないと言っていた。

「死ぬ気」の、一歩か二歩手前くらいで、仲間と楽しみながらサッカーをやるというのは、甘い考えだろうか。

それに……。

父親と一緒に、北学園のホームページを見てみた時のことを思い出す。

あまり考えないようにしていたけれど、そのホームページに書かれてあったことの中で、ずっと心に引っかかっているものがあった。あえてそこには目をつむってきた。

その後もひとりで北学園のホームページを何度か見てみた。

きれいな紹介《しょうかい》ページをいくら眺《なが》めても、答えは出てこなかった。

胃炎で入院した母親や、仕事の忙《いそが》しそうな父親には、何も相談できなかった。

やがて湊は怪我から回復し、練習に参加した。

夏の試合では地区予戦を突破《とっぱ》した。これは、四年ぶりの快挙《かいきょ》であった。だが、本戦の壁《かべ》は厚《あつ》く、さらにその先の全国大会には、到底届かなかった。

これで引退。

母親に勧められ、塾《じゅく》の夏期講習に、湊は通い始めた。塾に通うのは初めてのことで、自分も受験生になったのだと、気が引き締《し》まった。塾は、学習内容をまとめてくれているし、毎日小テストもやってくれる。効率《こうりつ》よく試験対策ができる。早く志望校を決めたほうがいいと、塾の先生に言われた。

二学期にもなると、三者面談や個人面談のスケジュールが配られた。スポーツ推薦に希望を出すか、一般入試を受けるか。いよいよ決めなければならない。

ああ、面倒《めんどう》くさいな。

湊は思う。もう、誰かに決めてもらいたいくらいだ。推薦を取る、取らない。サッカーを続ける、続けない。どっちがいいのか、自分でもどんどん分からなくなってくる。

そんなことを考えていたら、

「その『はあ』っていうのやめなよ！」

と、渚に言われた。

「うるせーな！」

二日連続で指摘されたので、湊はつい怒鳴《どな》った。

自分の出した声にびっくりして、

「あ、ごめん」

と謝ると、

「湊、大丈夫？」

渚が湊の顔を覗《のぞ》き込《こ》んだ。そして突然《とつぜん》、

「好きな子できた?」

意表をつくことを聞いてきた。

「違《ちが》うよ!!」

と、湊が否定《ひてい》すると、渚は声をあげて笑った。

家の中に笑い声が響《ひび》くのは久しぶりのことで、湊はつかのま姉の笑顔に見とれた。

渚は去年の夏頃《ごろ》に、退学ではなく休学を選び、今、高校一年生をもう一度やり直している。本来は弟の二学年上だが、改めて、一学年上となった。

もう少し長く休学することも、転校も、通信制の高校を選ぶ道もあったが、渚自身が、留年を決めた。時間をかけてでも、自分が入学試験に通った学校を自分の力で卒業したいと、親や先生に言ったらしい。

そう決めて、ふたたび高校に通い始めた渚は、体の症状《しょうじょう》もいくらか落ち着いてきたようである。医師や学校の先生たちと相談し、進級条件を気にかけつつ、緩《ゆる》やかに高校生活を取り戻している。そんな姉は、長いこと針《はり》ねずみのように全身を荒《あら》く尖《とが》らせていて、近寄るとすぐに刺《さ》されそうで怖《こわ》かったが、最近は針先がやわらかくなり、触れてもそれほど痛くはない。こうしてきょうだいで笑い合えるまでになった。

「じゃあ、何？　最近、ため息ばっかりついてて、変だよ」

渚は、からかうような口ぶりだったが、その目は心配そうに弟を見ていた。

「進路のことで悩んでるんだよ。普通だろ。サッカーで推薦取るかどうか、迷ってるんだ。来週、三者面談だから」湊は言った。

「そっかー。湊、もう中三だもんね。スポーツ推薦かー。ぜんぜんいいと思うけど？　大学も体育会系の部活だったら、就職《しゅうしょく》もいいって言うし。取れるなら取ればいいじゃん？」

「そんな簡単な話じゃないんだよ」

「なんで？」

「なんでって、だからさー」

と湊は口を開き、「ああ、もう」と言って、閉じた。

「何。何。何をそんなに悩んでいるの」

渚が聞いた。

湊は自分の中にあった悩みを吐露《とろ》すべきか迷った。

それは、以前、北学園のホームページのスポーツコースの説明の中に、ある一文を見つけてから、ずっと心のどこかに引っかかっていたことだった。


――当高校のスポーツコースは理工系の大学進学には適《てき》しておりません。


この一文である。そしてそのことを、湊は誰にも言っていなかった。

「俺が行きたい高校のスポーツコースは、理系には対応していないって書いてあった」

初めて誰かに話した。

「あ、そっか。うん、うん、あんた理系ぽいもんねー」

渚が即座《そくざ》に言った。

それは何気《なにげ》ないひと言だったが、湊の心の中でパッと光るような言葉だった。

「やっぱ、そっかー」

と、湊は言った。

確定的な気分になった。

「俺、やっぱ、理系な気がするんだよな」

しかし渚は、「まだ中学生なのに、考えすぎじゃね？」とも言った。

「ちょうど、私のいっこ上の友達が、大学受験の文理選択《せんたく》で最近迷い始めてるくらいなのに」

私の「いっこ上の友達」。渚にさらっと言われ、どう反応すればいいか分からず、「へー」とだけ、湊は返した。

そう、渚の友達は今や皆、「いっこ上」なのだ。

高校一年生をやり直している渚が、そのことについてどう思っているか、湊には分からない。

後輩と同じクラスで勉強するなんて、自分なら耐《た》えがたいことだと思う。

だが、姉の様子を見ていると、案外平気なようである。

去年の、学校に通えない中途半端な状況《じょうきょう》の時が一番つらそうだった。あの時期に比べたら、随分と顔が明るくなり、声まで大きくなった気がする。湊にはよく分からないが、休日には化粧《けしょう》をして、友達と遊びに行く日さえあるのだ。

「でも、偉《えら》いな、中学生の時に、そんなこと考えるなんてさ。私は、中三の時、不登校気味で学校の先生にいろいろ言われて以来、見返したいっていう気持ちだけで勉強してたもん。学区一の高校に受かって見返すって。どんな高校かとか、何も考えていなかった。ただ、『一番の高校』って。それしか考えてなかった」

「すげーよ」

「まあ、すごいけどね。出席日数を力でねじ伏《ふ》せたんだから」

得意気《とくいげ》に、渚が言う。

その表情を見ていて、湊は、渚の言動に心を痛めた母親が体を壊《こわ》してしまったり、起立《きりつ》性調節障害《せいちょうせつしょうがい》が改善してきた渚がじょじょに穏《おだ》やかで優しい面持《おもも》ちになってきたり、といったこの二年間の家族の起伏《きふく》に富んだ日々を思い返す。

二年前は、渚とこんなふうに穏やかに話せる日が来るなんて思ってもみなかった。だったら二年後は自分も渚もさらに変化し、今は想像もできないような会話をしているのかもしれない。

「そういえば、友達が言っていたけど、日本以外の国は、大学で理系と文系をきっぱり分けていないんだって。だから湊も、理系か文系かなんてことを考えるより、自分が何をしている時が一番楽しいか、どんなことに興味があるかを、考えるほうがいいんじゃない？」

渚が言った。

――自分が何をしている時が一番楽しいか……。

「湊にとって、一番楽しいのは、サッカーをしている時じゃないの？」

「そこなんだよなー」

湊は頭を抱えた。

「違うの？」

渚に聞かれ、

「いや、サッカーは好きなんだけどさ……」

湊は姉に、迷子の自分について話し始めた。

清水陽菜《しみずひな》

私立ルピナス学院《がくいん》の講堂《こうどう》は広く、上部の大きな窓《まど》にはステンドグラスがはめこまれていて美しい。

舞台《ぶたい》に立った在校生《ざいこうせい》の代表が、修学旅行や部活動の紹介《しょうかい》をした後で、文化祭のスライドを見せてくれた。生徒たちが企画する文化祭は、とても楽しそうで、見ているだけで心が躍《おど》った。

講堂での学校紹介を聞き終えた後、学校の敷地《しきち》内を見学できる時間があった。一緒《いっしょ》に来ていた母親が、妹と弟のために早めに帰ることになったので、陽菜は学校の中をひとりで見学することにした。

この日は土曜日だったので、授業はないが、運動部の活動はある日だった。

体育館に行くと、ちょうどバスケットボール部が練習をしていた。陽菜は中学校でバスケ部に所属《しょぞく》しているので、バスケを見るのは好きだ。高校名の入ったユニフォーム姿で練

習している部員たちは皆《みな》、大人びており、動きが鋭《するど》く、かけ声が大きい。強いチームだな
と、陽菜は思った。

その時、「清水！」と、後ろから声をかけられた。振《ふ》り向くと、長谷川湊《はせがわみなと》と安藤悠真《あんどうゆうま》が
いた。

同じ中学校の友達に会えて、陽菜は嬉《うれ》しくなった。

「今そこで、たまたま安藤と会ったんだ。清水も来てたんだな」

と、湊も笑顔で言った。

屈託《くったく》ない様子の湊の隣《となり》で、悠真がなんとなく居心地《いごこち》悪そうに視線を下げたので、

「安藤。このあいだは、ごめんね」

と、陽菜は謝った。

なんのこと？　とすっとぼけてくるだろうなと予想したが、

「あ、うん」

と、悠真は素直《すなお》にうなずいた。そして、

「清水さんはあの時、なんで怒《おこ》ったの？」

と聞いた。

「怒ったっていうか、なんか……」

陽菜は、どう答えたら良いか分からず、語尾をぼかした。今思えば、あんな言い方をした自分のほうが悪かったのだ。

「あれからずっと考えていたんだけど、時々、変なこと言うかもしれないから、そうしたら言って」

と、悠真が言った。

「変なこと?」

思いもかけないことを言われ、陽菜は戸惑《とまど》う。

「分からないけど、僕《ぼく》、空気を読めないタイプらしいから」

と、悠真は言い、ふたりの会話を聞いていた湊が、堪《こら》えられなくなったように笑った。

そして、

「安藤はいいやつだよ」

と言った。

「うん、それは私も分かってる」

陽菜も言った。

「そういえば、あの時安藤、二組の小林《こばやし》くんと歩いてたでしょ。『高校に行かない』って言ってなかった？」

思い出して、陽菜が言うと、

「うん。いろいろ考えているみたいだった」

と、悠真が言い、

「小林くんて、タクヤのこと？」

と、湊が確認した。

「うん。小林卓耶《たくや》くん。不登校なんでしょ。二組の子から聞いた」

「あー、あいつはいいんだよ、ゲーム強いから」

「ゲーム、強いの？」

「強い。めちゃくちゃ強い。たぶん、学年でっていうか、日本の中学生の中でもトップレベルかもしんない」

湊が、自慢《じまん》するように言った。

「たっくん、そんなにすごいのか」

驚《おどろ》いたように悠真が言った。

ひょろりとした少し頭でっかちな男の子の後ろ姿を思い浮《う》かべ、陽菜も感心した。

ゲームが強いからといって高校に行かなくていいということもないだろうと思ったが、友達から絶大《ぜつだい》な尊敬《そんけい》を集めているのはうらやましかった。

「ここ以外にも高校見学、した？」

と、湊に聞かれた。

うん、と陽菜はうなずいてから、

「でも、長谷川はスポーツ推薦《すいせん》なんでしょ」

と、聞いた。

湊は一瞬《いっしゅん》ポカンとした顔になり、それから首を振って苦笑し、言った。

「俺《おれ》、正直、サッカーを続けるかどうかも決めてないくらいだから、推薦は考えてないよ」

「え、そうなの？」

「この時期はいろいろな噂《うわさ》が流れるって、去年、創作部の先輩《せんぱい》も言ってたなあ……」

悠真が言った。

「ナカニシにも、推薦取るんだろって言われた。ていうか、どうしてみんな、人のことが気になるんだろうな」

湊に言われ、陽菜も、そうだなあと思う。

友達のことが気になってしまう。陽菜も、湊や咲希《さき》のことが気になり、つい自分と比較して、ひとりで落ち込《こ》んでしまった。それはきっと……、

「みんなに取り残されてくような気がして怖《こわ》いんだ」

つい、心の声が言葉になった。恥《は》ずかしいことを言ってしまった気がして、陽菜は赤くなったが、

「分かる」

と、真面目《まじめ》な表情で、悠真が言った。その隣で、湊も深くうなずいていた。

あれ？　ふたりとも不安を抱《かか》えているのか、と陽菜は思った。そう思うと、少し話しやすくなり、

「私、たぶん、自分に自信がないんだ。自分が何をやりたいのか、何ができるのか、分からない」

と、陽菜はふたりに正直な気持ちを告げた。

「そうなのか……。清水さんは、友達もたくさんいるし、不安なんてないと思ってた。体育でバスケをやった時なんて、すごくうまくて、かっこいいと思ったし」

と、悠真が言った。

悠真に、バスケをしている自分の姿を見てもらっていたと知って、こそばゆい気分になった。

そんなことないよ、と謙遜《けんそん》しかけ、陽菜は気づく。

確かに、バスケを通じてたくさんの友達ができたし、バスケをやっている時はすごく楽しい。私はバスケが好きなんだ。

「不安な気持ちをそうやってちゃんと言葉にできるのも、清水のいいところだよな」

と、湊にも言われた。

「いやー、そんなふたりに褒《ほ》められるの、やばいって」

友達ふたりのあたたかい言葉に心がぽかぽかするのを感じながら、

「なんか、安藤は勉強できるし、長谷川はスポーツ得意だし。みんな自信満々なのかと思っていたよ」

と、陽菜もふたりを褒めた。

その言葉は、お世辞《せじ》ではなく、本音だった。

悠真が、照れたように首を振って言った。

「僕は、ふたりに比べて自分の世界が狭《せま》いと思ってる。高校で、新しい自分に出会いたい」

新しい自分に出会いたいだって！

悠真の言葉に陽菜はつい笑いそうになったが、隣で湊がまっすぐな目で悠真を見ているのに気づいて、茶化《ちゃか》しかけた言葉をのみこんだ。

湊は悠真の言葉にうなずいて、言った。

「俺も、サッカー以外に何ができるか不安だけど、新しいことに挑戦《ちょうせん》していきたい」

友達の言葉を、茶化すことなく素直に受け止める湊の姿はまぶしかった。

「私も……新しい自分に出会いたい」

おそるおそる、陽菜もふたりの言葉に心を寄せた。それはとても幸せな瞬間《しゅんかん》だったけれど、同時にちくっとした切なさに刺《さ》される。今こんなふうに心がつながった気がしても、それぞれの家に帰ったら、ひとりずつの世界に戻って、受験勉強をしなければいけないと分かっているからだ。

でも、同じ寂《さび》しさを皆も抱えているような気がした。

その時、陽菜はふと思いついて、

「うちら、ロボット博物館のメンバーだね」

と、言った。

「市川《いちかわ》さんがいないけどね」

悠真が即座《そくざ》に返したので、あ、と陽菜は思った。

「安藤、もしかして咲希ちゃんのこと好きなの?」

陽菜が聞くと、

「まさか!」

と、妙《みょう》に大きな声で反論《はんろん》したので、つい笑ってしまったが、困ったような悠真の横顔を見て、冷やかすのはやめようと思った。代わりに、

「咲希ちゃんは中野川《なかのがわ》高校を目指すって言ってたよ。吹奏楽部《すいそうがく》に入りたいんだって」

と、伝えた。

「へえ、すごいな」

湊が感心したように言い、悠真は黙《だま》ってそっぽを向いている。その耳が赤くなっているのを見て、

「ねえ。高校が決まったら、またこの四人であの博物館に行かない？」

と、陽菜は提案した。

「おう！」

と返す、湊の笑顔。口をすぼめたままの悠真の瞳《ひとみ》も明るい。

思いつきで言ったけれど、これはなかなか名案じゃないかと陽菜は思った。

エピローグ

市川《いちかわ》咲希《さき》

三、二、一……。

「せーの」

と、自分で自分に声をかけ、誰《だれ》もいない部屋で咲希はスマホに指をのせた。

ロード時間、自分でも気づかないうちに息を止めていた。次の瞬間《しゅんかん》、桃《もも》色の画面が広がり、その真ん中の「合格」の文字が目に入った時、

「あ」

と小さな声が出た。

すぐに部屋を出て居間へ行き、朝食の片付《かたづ》けをしていたお母さんに、

「お母さん、中野川《なかのがわ》、合格した」

と、告げると、

「えっ、嘘《うそ》!?　ほんと!?」

流しで皿《さら》を洗っていたお母さんの顔にぱあっと花が咲《さ》いた。

「わー！　さっちゃん！　やったやった！」

母親が子どものように喜ぶのを見て、びっくりした。一拍遅《いっぱくおく》れて、私、本当に合格したんだ、と咲希は思った。そうしたら急に涙が出そうになって、慌《あわ》ててまばたきをした。

「お父さんとおじいちゃんに連絡しなきゃ！」

お母さんが、皿洗いの途中《とちゅう》で手を拭《ふ》いて、はしゃぎながらスマホを手にとる。

「私、ばあばに報告してくるね！」

咲希が言うと、はっとしたようにお母さんは手を止めて、

「そうだね」

と、咲希と一緒《いっしょ》に和室に行った。

お仏壇《ぶつだん》の前に座って、お線香に火をつけて、手を合わせる。

ばあば、見守っていてくれて、ありがとうね。中野川に合格したよ。

心の中でそう伝えた。

吹奏楽《すいそうがく》部に入って、フルートを続けたいと思っているよ。もしかしたら、フルートは、

もっと上手な人がいて、できないかもしれないけど、それでも何かの楽器をずっとやるからね。ずっとずっと、音楽をやるからね。

——さっちゃんの体の中には、素敵《すてき》な音楽が流れているんだろうねぇ。

祖母《そぼ》が昔、そう言ってくれたのを思い出す。

自分に才能があるのかは分からないけれど、音楽は好きだ。中学校でも、音楽部の練習はいつもすごく楽しかった。

中野川高校を志望した理由は、吹奏楽部の活動が充実していると聞いたからだ。咲希は、楽器を続けたい、音楽を奏《かな》でたい、そう思って中野川を受験した。吹奏楽部に入れば、きっとたくさんの音楽に触《ふ》れられる。その響《ひび》きをもう二度と祖母に聞かせてあげられないことだけが残念だった。

以前、咲希は、祖母のアンドロイドを作れたらいいなと思った。

アンドロイドだなんて、笑ってしまう。今となっては子どもっぽいアイデアに思えて微《ほほ》笑《え》ましい。微笑ましいけど、まだ少し、心のどこかがちくっとする。祖母に会いたい気持ちは変わらない。

失った人をアンドロイドにすることを思いついたのは、中学一年生の時だった。ロボット博物館で、人間にそっくりのアンドロイドを見たのがきっかけで、『不気味の谷』を乗り越《こ》えた人間そっくりのロボットを作れる時代がきっと来ると、友達が話すのを聞いた。

あの頃《ころ》の咲希はむしょうに寂《さび》しかった。仕事で帰りの遅《おそ》い両親を待ちながら、お仏壇の前でじっと座りこんでしまう夜もあった。幼い頃から自分に愛情と自信を与え続けてくれたのは祖母だった。

祖母を生き返らすのが無理ならば、アンドロイドにすればいい。そして、自分の頭の中から、祖母をアンドロイドにしたという記憶《きおく》を失くせば良いのではないか。多少会話がかみ合わなくても、祖母がそばにいて、にこにこ笑っていてくれれば、それでいい。

寂しさのあまり、ふとそんなことを思いついた時は、名案じゃないかと本気で思った。

だけど、中学三年生になった今、その考えは間違《まちが》いだったと感じる。いや、間違いというよりは、独《ひと》りよがりで自分勝手な考えだったと思う。

なぜなら、あの頃咲希が思い描《えが》いた祖母のアンドロイドは、病気でひどく痩《や》せてしまった最期《さいご》の祖母の姿ではなく、咲希が知らない若かった頃の祖母でも、子どもの頃の祖母の姿でもなく、母親の代わりに幼《おさな》い咲希の世話をしてくれた初老の祖母の姿でしかなかったから。

祖母の長い人生の、そのごく一部だけを切り取って、自分のために保存したいと、咲希は思っていたのだ。そんなふうにして、祖母に似せたアンドロイドを作ることを、亡くなってしまった本物の祖母はどう思うだろう。

自分の死を無いものにされてしまうのは、祖母にとって、悲しいことではないか。

中学三年生の咲希はそう思う。自分の寂しさを埋めるためにアンドロイドを作るより、寂しさを抱《かか》えたまま祖母を忘れずに生きていく。今の咲希は、そうしたいと思っている。

「お母さん、咲希が志望校に受かったよ。あの小さかった咲希が、もう高校生になるなんて、信じられないね」

お母さんが祖母に語りかけている。

横顔を見て、母の目に涙がふくらんでいることに気づく。

そういえばお母さんは、いつもならもう家を出ている時間だった。何も言ってなかったけれど、合格発表の時間に合わせて、出勤時間を遅らせてくれたのだろう。合格したら一緒に喜べるし、もしうまくいかなくても、一緒にいてあげられる、と。

祖母に報告をしてから、

「お母さん、ありがとね。行ってくるね」

咲希は立ち上がった。

「行ってらっしゃい」

お母さんに見送られ、咲希は家を出た。

複数の高校の合格発表が重なる日だ。決まった授業はなくて、自由登校のムードだろう。先生が今か今かと報告を待っているはずだ。

信号待ちでスマホを出して、先に別の高校への入学が決まっていた陽菜《ひな》に、中野川合格を伝えた。

——やったーーーーー。

と即座《そくざ》に返事が来て、「早っ」と笑ってしまいながら、やったーーーーーと、咲希も心いっぱいに思った。

友達で、最初に伝えたのは陽菜だった。

受験期間に入る少し前に陽菜から、春休みに、中一の校外学習で同じ班《はん》だった四人で、あの時行ったロボット博物館に行かないかと言われていたのを思い出した。

安藤《あんどう》くん、長谷川《はせがわ》くん、陽菜ちゃん、私。

一度は同じ話題で心を通わせた、でも普段あまり接点がなかったこの四人は、実は三年間ずっと同じクラスだった。クラス分けが毎年あったことを思えば、不思議な縁でつながっていた気もしてくる。

「ダブルデートじゃなくて、元『行動班』だからね！」

陽菜の口ぶりはからっと明るく、男の子と遊びに行ったことのない咲希のわずかなためらいを取り去ってくれた。

「うん、行く」

そう答えた時からずっと、楽しみにしている。

そうだ。みんなに、私が祖母のアンドロイドを作ろうと思ったことを話そう。咲希は思った。どういう気持ちでそんなことを考えたか。そして、どういう気持ちでその考えを乗り越えたか。

こんな話は母親にさえ、していない。だけど、「不気味の谷」で盛り上がった元行動班のあの三人には、話したいと思った。

信号が変わる。

横断歩道を歩き出すと、頬《ほお》に触れる朝の風が、少し前よりいくらかやわらかく感じられた。春がすぐそこまで来ている。

本書は書き下ろし作品です。

朝比奈あすか（あさひな・あすか）
1976年東京都生まれ。2000年、ノンフィクション『光さす故郷へ』（マガジンハウス）を刊行。06年、群像新人文学賞受賞作を表題作とした『憂鬱なハスビーン』（講談社）で小説家としてデビュー。著書に『人間タワー』（文春文庫）、『自画像』『憧れの女の子』（双葉文庫）、『君たちは今が世界《すべて》』（角川文庫）、『翼の翼』（光文社）、『ななみの海』（双葉社）、『ミドルノート』（実業之日本社）など多数。

装画　酒井以
題字　山田和寛（nipponia）
ブックデザイン　山田和寛＋竹尾天輝子（nipponia）
校閲　鷗来堂

いつか、あの博物館《はくぶつかん》で。

アンドロイドと不気味《ぶきみ》の谷《たに》

2024年 7 月 7 日　第1刷発行
2024年11月24日　第2刷発行

著者　朝比奈《あさひな》あすか
発行者　渡辺能理夫
発行所　東京書籍株式会社
〒114-8524　東京都北区堀船2-17-1
電話　03-5390-7531（営業）
03-5390-7508（編集）
印刷・製本　TOPPANクロレ株式会社

Printed in Japan
ISBN978-4-487-81760-3　C8093　NDC913